霊能師・稜ヶ院冬弥
憑かれた屋敷の秘密

八歌

宝島社
文庫

宝島社

［目次］

霊能師・稜ヶ院冬弥　憑かれた屋敷の秘密

プロローグ

「すっかり遅くなってしまったな」

車を運転しながら、男はあくびを噛《か》みしめ、ちらりと時計に視線を走らせる。

午後四時。

陽は傾き、空はうっすらと夕陽色に染まり始めていた。

夕刻特有のとろりとした空気と、それに追い打ちをかけるように、高速に乗るまでの道路は渋滞でいっこうに前に進もうとしない。

そのせいで、よけい眠気を誘った。

「そうね。家に着くのは深夜になってしまうかも」

「ごめんな。母さんたち、なかなか帰してくれなくて。身体《からだ》は大丈夫か？」

お腹の辺りに手を添える妻に、夫が気遣いの言葉をかける。

すまなそうな顔をする夫に、妻は笑った。

「仕方がないわよ。遠く離れてしまった息子が久しぶりに実家に帰省したんだもの、いつまでも引き止めていたい気持ちはわかるわ。とにかく、安全運転で帰りましょう」

「そうだな」

渋滞を回避するため、早めに実家を出る予定だったが、寂しがる両親が何かと理由をつけて帰らせてくれようとはしなかった。

そのため、夕刻には東京に着く予定が、いまだ山に囲まれたG県の真っただ中。

ふと、ナビに視線を向けた男は、おっ、と声をもらす。

「この道を入って行くと近道かも」

それは、一般道から脇にそれた、峠を越える道であった。

「途中に神社があるみたい。寄ってみない？　この子が無事に生まれますようにって、お祈りしたいし」

確かに峠の途中に、ぽつんと、鳥居のマークが表示されている。

久見《ひさみ》神社というらしい。

「よし。じゃあ」

行ってみよう、と言ってハンドルを切り、ナビが示す通り狭い脇道へと入って行く。

しかし、男はこの道を選んだことを後悔する。

ヘッドライトが必要な暗い峠道は寂しく、不安をかりたてた。

見える景色は道路の両脇に並ぶ黒々とした木々ばかり。

助手席に座る妻も、いつしか無言になってしまった。

やがて、ナビの機械的なメッセージが神社周辺に着いたことを告げ、男は車を停《と》めた。

車のライトが照らし出す先にあったのは、朽ち果てた鳥居。

そしてその向こうは辺り一面、闇に包まれている。

恐る恐るライトをハイビームに切り替える。

雑草が生い茂る荒れ地が広がり、行く手を拒むようなその先に、本殿とおぼしき建物の屋根が覗《のぞ》いていた。

「ずいぶん荒れた神社だな」

「気味が悪い……」

「行ってみる?」

と、妻に尋ねたが、妻は目の前の神社から視線をそらし、首を横に振る。

とてもではないが、車から降りて参拝をしようという気にはなれない場所であった。

「帰ろうか」

「そうね……」

そう言って、車をUターンさせたその時。

突如《とつじょ》、背筋に悪寒が走り男は背後を振り返る。

鳥居の向こうから、何かが迫ってくるような気配を感じたからだ。けれど、振り返っても、そこには真っ暗な闇が広がっているだけ。

男は車を走らせた。

一刻も早くこの場から去りたいという焦りのためか、知らず知らずスピードがあがっていく。

何度目かのカーブにさしかかった時、視界に人影らしきものが飛び込んだ。

「――っ！」

慌ててブレーキを踏みながらハンドルを切る。しかし、タイミングを逸した車は、流れるようにそのまま崖の下、暗い闇の中に消えていった。

道路脇、浮かぶように佇《たたず》む、白い着物を着た髪の長い女。

ゆっくりと顔を上げたその女が、崖下を覗きながら、にいっと嘲笑《あざわら》う。

第一章 ▼ 霊能師・稜ヶ院冬弥

とあるマンションの一室。

食欲をそそる香りが部屋中にただよう。

エプロン姿でキッチンに立っているのは、まだ若い男性だ。

年の頃は十八、九。

短髪に細身の身体、整った顔立ち。

名は稜ヶ院《りょうがいん》冬弥《とうや》。

都内の大学に通う学生である。

「よし、できた」

茹《ゆ》であがったパスタを器に盛り、昨晩からじっくり煮込んだソースを惜しげもなくたっぷりとかける。

今日の昼食は牛すじ肉のラグーソースパスタにニース風サラダ。ブイヨンから作った本格コンソメスープ。デザートはレモン風味のレアチーズケーキ。

すべて冬弥の手作りだ。

「昼から手の込んだ食事だな」

冬弥の横で、十歳前後の少女が感嘆の声をもらす。

肩までの真《ま》っ直《す》ぐな黒髪にふっくらとした頬。

白い肌に赤く染まる頬。できあがった料理を食い入るように見つめる大きな瞳は、きらきらと輝いて、まるでお人形さんのように愛らしい。

和装に真っ白なフリルエプロン姿という、昔の女給《じょきゅう》さんのような格好も、とても似合っていた。

きれいに料理を盛りつけた器を、冬弥は手際よくテーブルに並べていく。

「おお、おいしそうだ」

テーブルに両手で頬杖をつき、次々と並べられていく料理を見ながら、少女は機嫌良く身体を右に左にと揺らす。そのたびに、背中の蝶々《ちょうちょう》結びにしたエプロンの紐《ひも》が揺れ、さらにその下から覗くふさふさの尻尾《しっぽ》も左右に揺れた。

「ほら、孤月《こつき》も席について」

冬弥は孤月と呼んだ、幼い少女の両脇に手を差し入れ抱き上げると、椅子に座らせた。そして、テレビをつけ自分も腰を下ろす。

こうして休みの日は趣味の料理を朝から時間をかけて作り、のんびりと過ごすのが冬弥の楽しみであった。

「いただきます」

と、手をあわせ、冬弥はフォークを手に食べ始める。

そこへ、テレビからニュースを読み上げる女性の声が聞こえた。

『昨日G県久比里《くひり》峠で乗用車がカーブを曲がりきれず十五メートル崖下へ転落。乗っていた二人の男女が遺体で発見されました。亡くなったのは都内に住む――』

反射的にテレビを見ると、画面下に亡くなった男女の名前と年齢が表示された。

堀田《ほった》雅也《まさや》（二八）

妻、恵《めぐみ》（二四）

「これは……」

口に運ぼうとしたフォークを冬弥は止めた。

フォークに絡まったパスタがほどけて皿に落ちる。

何か言いかけて口を噤《つぐ》んでしまった冬弥に、孤月はどうしたのだ？　と首を傾《かし》げた。

「ただの事故ではないね」

「ふむ」

〝カーブを曲がりきれず〟とアナウンサーは言っているが、そうではない。いや、そうなのかもしれないが、実際は少し違う。

そこに大きく何かの手が加わっていた。だが、殺人事件とも違う。

それはつまり――。

「霊が絡んでいる」

テレビの画面には大破した車が映し出されていた。

頭から真っ逆さまに崖下に突っ込んでいったのだろう。フロント部分は大きくへこみ、ガラスが粉々に割れ飛び散っている。

一瞬だけ映ったボンネットには、血痕《けっこん》が付着していた。

現場の状況からして、かなり大きな事故だというのは明らかであった。

冬弥はわずかに目を細める。

「車の周りに黒い……靄《もや》のようなもの。まるでタールのようにどろどろとした深い怨《おん》念《ねん》、嘆きを感じる。気の毒に〝それ〟に捕らわれ引きずり込まれてしまった。車の側《そば》に二人の男女……いや、もう一人いる。女性の腰の辺りにしがみつく小さい影。赤ちゃんだ。しかも赤ちゃんはまだこの世に生を享《う》けていない。事故で亡くなった女性のお腹にいた子」

冬弥は痛ましい表情でテレビの画面を食い入るように見つめていた。

そう、冬弥は幼い頃から普通の人には〝みえないもの〟が視《み》えてしまう体質を持っている。

こういった事故や殺人事件などのニュースを見てしまうと、亡くなった、あるいは殺された人物が視えてしまうのだ。

そのため、普段は視えないよう能力を遮断しているのだが、こうしてふとした瞬間にうっかり視えてしまうことがある。

「赤ちゃんか……かわいそうに」

孤月はしんみりとした声をもらす。

「二人ともひどく痛みを訴えながら助けを求めている。自分たちが事故で死んでしまったことにまだ気づいていない」

「そうか。で、どうするのだ」

「どうするって、僕にはどうすることもできないよ。あの現場にいれば話は別かもしれないけれど」

これ以上は見ていられないというように、冬弥はリモコンを取りテレビのチャンネルを替えてしまった。

「師匠なら遠隔で意識を飛ばしてあの人たちと接触することも可能だろうけど、僕にはそんな高等な技は無理」

救ってあげたいのはやまやまだが、事件が起きるたびにそんなことをしていたらきりがない。それに、死んだばかりの者にあなたはもう死んでいるのですよ、と言い聞かせるのは実はなかなか難しいことである。

時が経《た》ち、自分たちがもうこの世に存在しない者なのだと理解し、自然に上にあがって行くしかないのだ。

一転して、テレビからは出演者たちがローカル線に乗ってご当地グルメやパワースポットを巡る楽しげな話題が流れてきた。

そのパワースポットであるどこかの滝が映し出された瞬間、冬弥はテレビのスイッチを切った。

流れ落ちてくる滝に、浮遊する無数の霊たちの姿が視えてしまったからだ。

気を取り直し冬弥は再び食べだす。

あっという間に料理を胃におさめた冬弥は満足そうに一息つく。

「さて、コーヒーでもいれてのんびりしようか」

後片付けを済ませ、午後は積んでいる本を読みあさろうと立ち上がったところへ、来訪者を知らせるチャイムが鳴った。

誰だ？　と冬弥と孤月は顔を見合わせる。

「何かの勧誘かもしれないな。気をつけろ。冬弥ははっきり嫌と言えない性格だから。この間も新聞の勧誘に延々と捕まって、なかなか追い返すことができなかっただろう？」

「その話はもういいよ」

痛いところを突かれたとばかりに冬弥は顔をしかめ、ドアホンに出る。

「はい」

「あの……」

モニターに一人の女性が佇《たたず》む姿が映っている。

どうやら何かの勧誘、ではなさそうだ。

まったく知らない人物。

ならば、ここを訪ねて来る理由は一つしかない。

子供の頃から霊が視えてしまう冬弥は、そのせいで悩まされ続けてきた。

自分に視えるのだから他人にも視えているのだと信じて疑わず、周りの者たちに気味悪がられた。

小さい頃はいじめにもあい、嘘《うそ》つき呼ばわりされたことも数知れない。

霊に話しかけたり、時には一緒に遊んだりする姿は、はたから見れば一人で何をやっているのだろうと、引かれてしまうこともたびたび。

親でさえ息子の奇行に頭を悩ませていたらしく、この子はおかしいのではないかと疑われ何度か病院にも連れて行かれた。

やがて、霊は普通の人には視えないのだということに気づいた冬弥は、それらを無視するよう努力した。

それでも、道を歩けばあたりまえのように霊は存在するし、生きている者との見分けがつかないときもあるから、うっかり話しかけてしまうこともしばしば。

先ほどのようにテレビのニュースを見れば事故で亡くなった人の姿や、その人が死と直面した時の状況まで視えてしまう。

さらに困ったのは、冬弥が視える人間だと霊の方が気づき、相手から近寄ってくることである。

大人になるにつれ、視える力を自分の意思でコントロールできるようになり、様々な経験を経て今では持って生まれたその能力を活かし、霊障相談を行なっている。

因縁《いんねん》、土地、家族問題、先祖の供養。

霊的なものが絡む恋愛相談などなど。

霊視から始まり、除霊や浄霊。

必要とあらば、降霊も手がける。

この仕事を始めてまだ日は浅いが、それでも最近は少しずつ口コミで依頼者が増え始めてきた。

モニターに映る女性も、霊的な悩みに困り相談にやってきたのだろう。

女性は不安そうな顔で口を開く。

「相談がございまして……」

か細い声であった。

おそらく、ここへ来るまでにずいぶんと悩んだ。そんな思いが表情からうかがえる。

霊能師という胡散《うさん》臭い相手に会うという不安。

その霊能師に言葉巧みに騙《だま》され、高額な依頼料を請求されないか。

それどころか、怪しげな宗教に入信させられないか。

無理矢理、とんでもない値段のする壺《つぼ》やらご神体を売りつけられはしないか。

あるいは、霊的なことに悩まされていると思い込んでいるだけで、本当は自分の頭がおかしいのではないかなど。

「ロックを解除します。どうぞ、部屋までいらしてください」

しばらくして玄関のチャイムが鳴る。

扉を開けた冬弥は、相手に不安感を与えないよう、玄関先でにこりと笑って女性を迎えた。

「こちらでその……霊に関する相談を受けていると……いて……」

女性は言いづらそうに口ごもる。

最後の方はほとんど聞き取ることができないくらい、消え入りそうな声であった。

「ええ、受けていますよ」

笑顔を崩さず冬弥は答える。

「稜ヶ院冬弥さんに……」

「僕が、稜ヶ院冬弥です」

しばしの沈黙。

「あなたがですか？」

女性は驚いたように目を見開いた。

霊能師というからには年かさの気難しい人物を想像していたのだろう。それがまさか、こんなにも若い、それも爽やかな笑顔を振りまく青年とは思いもしなかったという表情だ。

「はい、僕です」

冬弥の横に立つ孤月がじいっ、と覗き込むようにして女性を見上げているが、女性は少しも孤月の存在に気づく様子はない。

立ち尽くす女性に冬弥はもう一度どうぞ、という仕草で家の中に招き入れる。

女性は警戒心を見せつつ、遠慮がちに家の中に視線を向けた。そして、靴を脱ぎ家にあがる。

霊能師という怪しげな商売を生業《なりわい》としているため、おどろおどろしい部屋を想像したのだろう。けれど、窓から陽の光がたっぷりと入り込む明るい雰囲気のリビングに少しだけ安心したらしい。

部屋もきちんと片付けられていて清潔感もある。

冬弥は女性にソファに座るよう勧めた。

腰をかける女性の前に、孤月もちょこんと座るが、やはりその姿は彼女の目に入っていないようだ。

とりあえずコーヒーをいれるため冬弥はキッチンに立つ。その間、女性は緊張した面持ちで身を硬くしていた。

どうぞ、とテーブルにコーヒーカップを置くと、冬弥も彼女の正面、孤月の隣に座った。

「植村良子《うえむらりょうこ》と申します」

改めて女性を見る。

おそらく年齢は四十代前半。

いや、病的なまでに青白い顔とやつれた頰、目の下にくっきりと浮かぶくまのせいで、老けて見えるが、実際はもっと若いのかもしれない。

「最初に」

「は、はい！」

良子は顔を強張《こわば》らせ、ぴんと背筋を伸ばした。

冬弥はにこりと笑う。

話をする前に相手の緊張を解《ほぐ》してやることが先決であろう。それから、もろもろの不安なども だ。

「霊能師という仕事をしていますが、僕は怪しい者ではないので安心してください」

もっとも、自らを怪しい者です、などと言う人はいないが。

「近くの大学に通う学生です」

冬弥はテーブルに置いてある学生証を取り、良子に見せた。

「稜ヶ院冬弥。十九歳。紫水館《しすいかん》大学……紫水館大学！」

それを見た良子は目を瞠《みは》った。

驚くのも無理はない。超難関有名私立大学だからだ。

「それと、依頼料は相談事が解決し、植村さんが納得してからいただきますので今日はいりません。すべてが終わってから、お気持ちだけいただけたらけっこうです」

「はあ……」

とはいえ、こういった相談に対する報酬の相場がわからないのだから、その気持ちがいったいいくらなのか計ることができず難しいのかもしれないが。

「ほんとうに気持ちだけで」

それを聞いて良子はようやく安心したようだ。

すると、気持ち的にも余裕ができたのか、良子は部屋を見渡す。

「広いお部屋ですね。とても明るいし。あの……私、こういったところはとても暗くて祭壇とかあって、ろうそくが灯《とも》されている怪しい雰囲気を想像しておりました」

冬弥は苦笑いをする。

そんな冬弥の表情を見た良子は、自分の失言に気づいて口元に手を当て、すみませんと頭を下げる。

「お気になさらず」

「それに、こんなお若い方が霊能師だなんて思ってもいなかったもので。ここにはお一人で？」

「はい」

『冬弥一人だけではないぞ。わたしも一緒に住んでいるけどな』

冬弥の隣で孤月が身を乗り出して言う。

やはり良子には孤月の姿は視えないし、声も聞こえない。

もっとも、孤月の姿が視えるのなら、わざわざここに頼って来る必要もないだろう。

それこそ、霊障問題など自分で何とかできるくらいの力を持っているはず。

そう、孤月は普通の人には視えない存在なのだ。

「さっそくですが、視てもいいですか？」

「みる？　え、はい……」

何を〝みる〟のかわかるはずはないのだが、良子は反射的にはい、と返事をする。

本格的に霊視をするため、冬弥はテーブルに置いてあった数珠袋から数珠を取り出し握る。

百八の主玉《おもだま》が連なる二尺ほどの長い数珠だ。

それを指に絡め、静かに目を閉じ、数秒後、ゆっくりとまぶたを持ち上げた。

みえないものを〝視る〟ために、意識のスイッチを切りかえたのだ。

冬弥の澄んだ瞳が真っ直ぐ、良子を見る。

「右の肩から腰にかけて、重くないですか？」

「え？　あ、はい……」

突然言い当てられ、良子は咄嗟《とっさ》に右肩に手を当てた。

良子の右肩には、凄《すさ》まじい形相をした中年女性がしがみついていた。

それが、彼女に取り憑《つ》いているものだ。

「重いと感じるようになったのは……そうですね……二、三ヶ月ほど前」

冬弥はさらに目を細めた。

「ぼさぼさで短めの髪、年は四十歳前後、痩《や》せ形で、腫《は》れぼったいまぶたのせいでいつも眠だそうな顔をしている女性」

良子の顔がみるみる青ざめていく。

「ずいぶん自己顕示欲の強い人ですね。植村さんに対しての独占欲も。それに、あまり人の話に耳を傾けるタイプではない。僕が話しかけているのに」

「話しかける？」

「はい。話しかけているのですが、僕のことは完全に無視です」

困ったように声を落とす冬弥に対し、良子は不可思議な顔をする。

話しかけるとか、意味がわからないといった様子だ。しかし、かまわず冬弥は続けた。

「植村さんが彼女と知り合ったのは……二年ほど前、でもその女性はつい最近、そう、二ヶ月……いえ、三ヶ月前に亡くなった――」

良子は口元に手を当て驚く。

どうやら間違いないようだ。

「心当たりがありますね？」

「あります！」

知っている人物を、それも亡くなった時期まで言い当てられ、良子は興奮したように身を乗り出してきた。

この部屋に入ってきたときの不安はすっかり拭い去られたようだ。だが、また違う意味での気がかりを抱くはめとなるのだが。

「そうです。近所の人です！　稜ヶ院さんのおっしゃる通り、その人は三ヶ月前に亡くなりました。でも」

何故《なぜ》そのことを知っているのかと言いたいのだろう。もちろん知っていたわけではなく〝視えた〟のだ。

いわゆる霊視だ。

良子はもう一度、自分の右肩に手を当てた。

「彼女がいるのですか？　私の側に？」

はい、と冬弥はうなずく。

「嫉《ねた》まれているようですね」

「嫉む？　恨まれているではなくてですか？　私……彼女に冷たくあたってしまったから」

「いいえ、植村さんのことをとても羨んでいます。彼女と出会ってから身辺にいろいろな変化があったはず。彼女が生きていたときも亡くなってからも、それもよくないことばかり」

良子は手にしていたハンカチを強く握りしめ唇を震わせた。

「その女性につきまとわれていませんでしたか？」

「まさに、その通りです……」

「詳しく聞かせていただけますか」

良子は小さくうなずき、語り始めた。

「私たち一家は中古ですが、ようやく念願の一戸建てを購入し、二年前にS県H市に引っ越してきました。初めは家を持てたことを喜んでいたのですが、元々住んでいた住民からは、まるで余所者《よそもの》がやって来たというような目で見られ、なかなか打ち解けることができず戸惑っていました……」

良子はいったん言葉を切り、小さくため息をつく。

「越してきて一番困ったのはゴミ出しでした。ゴミの分別や、出す時間を近所の人から厳しく注意され、きちんと守っていたつもりですが……」

良子は首を緩く振った。

「時には出したはずのゴミ袋が玄関先に戻されていることもありました」

それも、無造作にゴミ袋を戻されるものだから、野良猫にいたずらされ、生ゴミが散乱し、家の前がひどい状態になることも度々あったという。

「そんなことが重なり途方に暮れていたところへ、同じ町内の幸恵《ゆきえ》さんという女性が、私たちのことを気にかけてくれたのです」

新しい土地に越してきて、ご近所さんともなかなか馴染《なじ》めずにいた良子にとって、その女性の存在はとても心強かった。

「幸恵さんにゴミ出しのルールなどを教えてもらいました。他にもいろいろ……そんなこともあって、私たちはすぐに仲良くなりました」

幸恵は旦那さんと二人暮らしで、お子さんを望まなかったのか、恵まれなかったのかはわからないが、子供が嫌いという感じはなく、むしろ良子の子供をとても可愛がってくれ、本当に助けられたのだと。

だが、しだいに幸恵はことあるごとに家に押しかけては入り浸るようになり、それも深夜まで居座ることが度重なって、さすがに困り始めるようになった。

夫が仕事から帰ってきても、幸恵はいっこうに自分の家に帰ろうとせず、そのことで夫に何度も注意をされた。

小学生の長女は幸恵のことをあまりよく思っていないらしく、彼女が遊びに来ると、すぐに部屋に引っ込んでしまい、幸恵が帰るまで部屋から出ようとはしなくなってしまった。

夫も同じで、真っ直ぐ家に帰宅することが少なくなり、飲んでは帰りが深夜になることも増え、そのことで喧嘩《けんか》になることも。

「しだいに私も幸恵さんのことを疎《うと》ましく思うようになってきたんです。それどころか嫌悪を抱くように……」

幸恵は良子の家庭を羨ましがり、さらに夫の会社や年収のことまで根掘り葉掘り聞いてくるようになった。

「よほど、植村さんのご家庭が羨ましかったのですね」

「そうでしょうか。一度だけちらりとですが聞いたことがあるんです。幸恵さんの実家は地方の名家で、ゆのき家といって古いけれど大きな屋敷に住んでいたと。実家にいればそれこそ、旧家のお嬢様だと言っていました。それにくらべたら私なんかごく普通の家なのに」

そして引っ越しをしてから一年が経ち、元々明るい性格だった良子は、しだいに近所の人たちとも打ち解けるようになった。

幼稚園に通う次女がいることもあって、いわゆるママ友もでき始め、その付き合いで幸恵と会う機会も減っていった。

幸恵に誘われても、子供の学校の行事やママ友の集まりだと理由をつけては彼女と会うことを避け、徐々に交流も途絶えた。

親切にしてもらった手前もあり、彼女を避けるのは心苦しくもあったが、もはや以前のように付き合うことは気持ち的にも難しくなってしまった。

それから幸恵とは距離を置いていたが、ある日彼女が突然亡くなったことを知った。

「まさか幸恵さんが、亡くなってしまうなんて……」

良子は言葉をつまらせ口元にハンカチを当てる。

「こんなことをお話しして、信じていただけるかわかりませんが……」

良子は言葉を濁《にご》し、下を向いてしまった。

「話してみてください」

良子は息を吸い、ゆっくりと吐き出すと再び語り始めた。

引っ越してきた当初、いろいろ幸恵に助けてもらったということもあり、あまり気乗りはしなかったが良子はお通夜に出た。

焼香を済ませ良子は早々に会場を去った。

家に帰ると、すでに帰宅していた夫はリビングのソファで、テレビを見ながら缶ビールを傾けている。

「ごめんなさい。すぐに支度をするわね」

慌ただしくエプロンをつけ、良子は急いでキッチンに向かい食事の支度にとりかかる。

「どうだった？」

夫が尋ねたのはお通夜のことだ。

「ええ、お通夜自体は質素な感じだったわ。今流行の家族葬っていうのかしら。親類もあまりいなかったみたいだし、ご近所の人たちもほとんど参列していなかったようね。こんなことを言ったらいけないのかもしれないけれど」

夫はビール片手に、気になるテレビ番組を探すためチャンネルを何度も替えている。

「少しほっとしたところがあるの。正直、幸恵さんにはうんざりしていたから。でも、ようやくこれで」

幸恵のことは気の毒だと思う。

そう思いながらも心のどこかで彼女が亡くなったことにほっとしている自分に罪悪感を抱きつつ、けれど、それ以上にこれでもう彼女に煩わされることもなくなるのだという安堵《あんど》感があったことは事実だ。

もう彼女が自分につきまとってくることはない。

そんなことを考えながら、その日、良子は眠りについた。

深夜。

不可解な音に目を覚ます。

ギッ、ギッと、誰かが廊下を歩く音が聞こえた。それも、何度も寝室の前を往復するように。

時計を見ると午前二時過ぎ。

隣のベッドでは夫が軽くいびきをかいて眠っている。

おそらく夜更かしをしていた長女が、お手洗いか、喉が渇いてキッチンに行ったのだろうと思い、その時は特に気にとめることもなく、すぐに眠りに落ちていった。

翌朝、良子は眠たげな顔でリビングにやってきた長女に尋ねる。

「昨日は遅くまで起きていたの？」

「十二時前には寝たよ」

「何度も部屋から出ていたんじゃないの？」

「えー、部屋からなんて一歩も出てないよ。朝までぐっすり」

良子は首を傾げるものの、自分が寝ぼけていたせいなのかもしれないと思い、その時は深く考えなかった。

しかし、その日の夜もギッ、ギッと誰かが廊下を歩く音で目が覚めてしまった。

やはり、夫は隣でぐっすりと眠っている。

昨夜と同じく、時刻は午前二時。

そんなことが何日も続き、さすがに気味が悪いと思った良子は、ある日音が聞こえたと同時にベッドから起き上がり、ドアノブを掴《つか》んで扉を開けた。

誰もいなかった。

さらに、おかしな現象はそれだけではなく、誰かに見られているような気配を常に感じるようになった。

家事をしているときも、リビングのソファに座って一人でくつろいでいるときも、いつも誰かのねっとりと絡みつくような視線を感じた。

閉めてあったはずのリビングの扉が開いていたことも。

それも自分が閉め忘れたせいだと思い、最初のうちは気にもとめなかった。

だが、そんな現象が幾度となく続き、しだいに精神的に参ってしまった良子は、やがて家事もまともにこなすことができなくなり、見えない何ものかの視線に怯《おび》え、寝室にこもってしまうことが多くなってしまった。

家の中は荒れ、夫もそのことで不満をため込むようになった。

さらにある日、体調が悪くソファで寝ていた良子は、突然眩《まぶ》しい光が飛び込み慌てて身を起こした。

明るくなった部屋のスイッチの側には、仕事から帰ってきた夫が立っていた。

「電気もつけずに何してんだ？　寝てたのか？」

「ごめんなさい。ちょっと頭痛が……あまり気分もよくなくて。すぐ」

きりきりと痛むこめかみの辺りを指先で押さえ、冷蔵庫の中に何が入っていたか、簡単に作れるものはないかと考えながら、ふらついた足どりでキッチンへ向かう。

「毎日家にいるのに、何やってんだよ。家の中は滅茶苦茶だし食事もまともに作らない。俺はまだいい。だが、子供たちがかわいそうだと思わないのか！」

「そんなこと言っても、私だって毎日毎日、奇妙な現象に悩まされておかしくなりそうだわ！」

「まだそんなくだらないことを言っているのか！　いいか？　それはお前がそう思い込んでいるだけのことなんだ！」

夫はそういうことについてはまったく否定的な人で、まともに話を聞いてくれようとはしなかった。

　良子は小刻みに肩を震わせた。

「こんなことが毎日のように続いて、おかしな現象のことも人に話すと疲れているせいだと言われ病院に行くことをすすめられて行ったのですが、薬を飲んでも症状はちっともよくならず、それともやはり私が思い込んでいるだけなのでしょうか」

　助けてください、と良子は声を震わせながら泣き出してしまった。

　冬弥は目を細め、すすり泣く良子を見る。

　彼女の思い込みではない。

　不可解な現象が続くのも、単なる思い過ごしだと言えばそうなのかもしれないが、それでもあながち、そう言い切れないこともある。

「植村さん、安心してください。必ず僕が何とかします」

　迷いのない冬弥の言葉に、良子はそろりと顔を上げた。

「ほんとうですか？」

「ええ。まずは植村さんの後ろにいる幸恵さんの霊を除きましょう」

「そんなことができるのですか？」

「取り除くだけなら簡単です」

「お願いします」

　おそらく、今この場で除霊をしても無駄かもしれないであろうことは予想がついていた。

それでも、説得をすればもしかしたら相手は納得してくれるかもしれないというわずかな期待と、望むなら浄化の手助けも惜しまないという気持ちで接することは決して無駄ではないはず。

そう思いながら冬弥は良子の背後にいる幸恵と向き合い話しかける。

「幸恵さんですね？　彼女に取り憑いてどうしようというのですか？　植村さんから離れなさい。あなたが本来進むべき場所へ行きなさい」

話しかけると幸恵は冬弥の方に視線を向けるものの、こちらを小馬鹿にするように笑うだけで良子から離れようとする気配を見せない。

はなから冬弥の言葉に耳を貸すつもりはないらしい。

「あまり手荒なことはしたくないのですが、説得に応じなければ、無理矢理退いてもらいますが、いいですね？」

それを聞いた幸恵は、さらに良子の肩にのしかかるようにしがみつく。

仕方がない、と冬弥はため息をつき経を唱え始めた。

すると、良子の背後にいた幸恵の霊が悲鳴を上げ始めた。

『やめろ。やめろ！』

経を止《や》めさせようと、幸恵は冬弥に襲いかかろうとする。

そこで冬弥は薄く目を開け、幸恵を見据える。

このまま経を続ければ、やがて幸恵の身体は良子から離れる。あるいは、経を止めさせようと幸恵が自分に襲いかかろうとしても同じ。

冬弥の意図に気づいたのか、幸恵は襲いかかることを止め、良子の身体から引き剥がされまいと必死の形相を浮かべる。

ここまでくればあともう少しだ。

冬弥はたたみ掛けるように経を唱え続ける。

やがて、弱々しい残滓《ざんし》の念を残し、幸恵の姿がすう、と良子の側から消えた。

冬弥は静かに両手をおろし膝の上に置く。

「どうですか?」

「え?　あ……」

良子は肩に手を当て、目を見開く。

「身体が軽くなったような気がします。ずっと肩の辺りが重くて辛《つら》くて、それに、毎日頭痛に悩まされていたのですが……」

良子はこめかみを指先で押さえた。

それもそうであろう。あんなのが取り憑いていたら、どれだけ健康な身体でもすぐに不調や不眠をきたすはず。

「彼女が私から離れてくれたのですか？　ありがとうございます。稜ヶ院さんに相談して本当によかったです！」

頭を下げる良子に、しかし、冬弥は慌てて手を振る。

「いえ……実は安心するにはまだ早いんです」

冬弥は言いにくそうに言葉を濁す。

「一時的に植村さんの身体から幸恵さんを切り離しただけで、完全に祓《はら》いきったわけではないのです」

「……では、彼女はどこに？」

互いに見合う二人の間に、一瞬の沈黙が落ちる。

「家に……今の彼女にとって居心地のよい、植村さんの家に逃げ込んでしまいました」

家にいると聞いた良子の顔が強張る。

「それで、実際にご自宅を拝見したいのですが、よろしいでしょうか？　幸恵さんが居座っている植村さんのお宅へ。その方が、彼女への対処方法も見つけ出せると思うのです」

「もちろんです。ぜひお願いします。あ、でも……」

良子は困ったように笑う。

「できれば主人がいないときにお願いできないでしょうか。こんなことを言ってはお気を悪くされるかもしれませんが……主人はこういったことにはまったく理解がなくて」

「かまいません。むしろ、否定的な考えを持つ方のほうが多いですからお気になさらず。それと、家に帰ったら幸恵さんから貰《もら》ったものや使っていたもの、彼女が関わった物すべてを処分してください。すべてです。彼女の念が物にこもっています」

「わかりました。でも、処分はどうやって？　何か特別なことをするのですか？　お炊きあげとか？」

「それは必要ありません。普通に、ゴミの日に捨てられるものは捨ててしまってかまいません」

「わかりました。家に帰ったらさっそく処分します」

「今日はお札《ふだ》を書いてお渡しします。それを必ず家のリビングに貼ってください」

「リビングですか？」

　良子の問いに冬弥はうなずく。

「お札の存在が気になるようなら壁時計やカレンダーの裏など、見えない場所でもかまいません。正直、気休め程度にしかなりませんが、しばらく幸恵さんにはおとなしくしてもらうよう、この札で押さえつけます。おかしな現象に悩まされることは僕が伺うまでの間はないはずです」

冬弥は札を作り良子に渡した。

そうして、家に訪れる日を三日後の夕方と約束する。その日なら良子の夫が会社の飲み会で遅くなるというからだ。

冬弥もその日は早めに講義が終わるため、ちょうどよい。

深々と礼をし、去っていこうとした良子は立ち止まり、冬弥を振り返った。

「あの、もう一つだけお尋ねしてもよろしいですか」

「なんでしょう」

「幸恵さんは何故、亡くなったのでしょう」

「すみません。詳しい死因は、僕には……」

冬弥は眼差しを半分落とす。

冬弥が視たのは、苦しそうに顔を歪《ゆが》めながら胸を押さえる幸恵の姿。

物が散乱し、荒れ果てたリビングで、一人床にうずくまりながら息絶えていく幸恵の手に握り締めていた携帯は、いったい誰に助けを求めようとしていたのか。

会社にいる夫か、あるいは以前まで親しくしていた良子か。しかし、それを言えば良子が気に病むだろうと思ったため、口にはしなかった。

「そうですか。いえ、ちょっと気になっただけですので……」

良子は声を落とし、もう一度冬弥に頭を下げ去って行った。

「たいくつな依頼だな」

話の途中ですっかり興味を失ってしまった孤月は、ソファのクッションにもたれながら軽くあくびをしていた。

「そうでもないよ」

「もう少しドラマチックな依頼ならおもしろいのに」

孤月の発言に冬弥は笑う。

「なにそれ」

「だから、派手なお祓いシーンとかあれば楽しそうなのにと思ったのだ」

「テレビやマンガじゃないんだから。それにこのくらいが半人前の僕にはちょうどいいよ」

「冬弥は謙虚なのだな」

ソファでごろごろする孤月に笑いかけ、冬弥は三日後の予定を手帳に書き込んだ。


三日後。

講義を終えた冬弥は、キャンパス内の駐車場へと向かった。これから車で植村良子の住むS県H市に向かうためである。

「今回の依頼、簡単に片付けられそうか？」

と、尋ねてくる孤月に冬弥はさあ、と言葉を濁す。

「これぱかりは、実際に行って、視てみないとわからないよ。簡単そうに見えて、実は根が深い依頼も多いからなんとも言えない」

停めてある車に辿《たど》り着いた冬弥は、遠くから聞こえてくるはしゃぎ声に視線を向けた。

「行く行く！　週末ね。楽しそうじゃん！」

遠くで、いかにも軽そうな雰囲気の男女四人組が、大きな声で喋《しゃべ》りながら歩いている姿を目にする。

辺りもはばからず大声を出すものだから、嫌でも彼らの会話が耳に入ってしまう。

「ほんとに行くの？　だって、ついこの間事故があった場所でしょう？　さすがに怖いんだけど」

「じゃあ、ここあは今回不参加だな」

「えー、行かないとは言ってないじゃん」

その会話を聞いた孤月は耳をピクリとさせ、賑《にぎ》やかな四人組を睨《にら》みつける。

「騒がしいやつらだな」

聞こえてきた会話から察するに、どうやら週末あたり、心霊スポットに行こうと計画をしているようだ。

「心霊スポットに行くとは、バカな奴らだ」

「うん……」

そんな場所に行くのは止めた方がいいと忠告したいところだが、彼らとは面識もないし、いきなりそんなことを言っても聞く耳など持たないだろう。

それどころか不審がられてしまうのがおちだ。

冬弥は視線を元に戻し、車に乗り込んだ。


約束した時間よりも少し早めに到着した冬弥は、植村宅の玄関前に車を停めた。

家全体を見渡し、冬弥は眉をひそめる。

日当たりもよく、明るそうな雰囲気の家であった。

普通の者ならそう思うだろう。しかし、冬弥には視えていた。

眩しい日射しが降りそそいでいるにもかかわらず、その家がどこかどんよりと暗い雰囲気を漂わせているのを。霊的に穢《けが》れた暗さだ。

冬弥と孤月は顔を見合わせうなずく。そして、玄関のチャイムを鳴らす。

すぐに良子が玄関口に現れた。

「よく来てくださいました。どうぞ上がってください」

「失礼いたします」

と言って、冬弥は玄関に足を踏み入れた。

家中に漂う不快な気配と、重苦しい空気。

少しでも霊感がある者なら、この空間にいること自体、息苦しさを感じて逃げ出したい衝動にかられたかもしれない。

「さっそくですが、家の中を見て回ってもよろしいですか？」

冬弥は鞄《かばん》から数珠袋を取り出し、数珠を手にする。

「ええ、どうぞ」

良子の了承を得て、まずは一階のリビングを除く部屋を見て回る。

二階の夫婦の寝室。

子供部屋。

やはり、どの部屋からも幸恵がいた気配が漂っている。

嫉妬、羨望、そういった感情がそこかしこに残されていた。

一通り家の中を見て回り、最後にリビングに入った冬弥はああ、やはりと声をもらす。

「そこです」

「え？」

冬弥はリビングに入ってすぐのソファを指さした。

「幸恵さんがそこに座っています」

良子は引きつった顔でソファから離れるよう後ずさり、両手を口元に当てた。

「そこ、いつも幸恵さんが座っていた場所です。そこにいるのですか？　彼女が？」

「ええ。亡くなってからもずっと、このリビングのソファが自分の定位置だというように座り、みなさんの様子をうかがっていたようです。そして、今も」

まるで、この家の家族の一員であるかのように。

もっとも、冬弥が書いた札の効力で、しばらくはソファから動けないよう押さえつけていたのだが。

「ずっと私たちを見ていた？」

「はい。時にはあちらこちらの部屋を移動していたようですよ。さらに、植村さんが外出するときも彼女は必ずついてくる」

良子は肩を抱きしめるような仕草で身震いをした。

「深夜に廊下を歩く足音の正体は……」

「彼女です」

「ずっと感じていた絡みつくような視線も」

すべて、幸恵が良子の気を引くため、あるいは自分の存在を知らせるためにやったことだと冬弥は説明する。

「驚きました。ここまで植村さんに執着していたとは」

ひたいに手を当て良子は足をよろめかせる。

「どうして……」

「とにかく、幸恵さんと話してみます」

「お願いします。あ！　何か必要なものとかありますか？」

「何もいりません。三十分ほどで終わると思います」

『冬弥、わたしも手伝うか？』

『大丈夫だ、孤月。執着心が強いだけで悪意はなさそうだから、僕ひとりで何とかなる』

『そうか。だが、危なくなったら遠慮なくその女を散らしてやるがよいな？』

頼もしい孤月の言葉に冬弥は微笑《ほほえ》む。

冬弥は手にした数珠を胸の辺りまで持ち上げ、幸恵が座っているソファを見下ろした。

『幸恵さん？』

冬弥は心の中で幸恵に呼びかける。すると、ソファに座っていた幸恵はゆっくりと顔を上げた。

幸恵の虚《うつ》ろな目が冬弥を見返す。

『そこで何をしているのですか』

再び呼びかける冬弥の声に、幸恵は視線を落とし再びうつむいてしまう。

『いつもあたしが使っていたコーヒーカップがない。探しても見つからない』

『あまり長居をすると植村さんに迷惑がかかりますよ。それに、あなたのいるべき場所はここではないはずです。いいえ、あなたはここにいてはいけないのです』

幸恵を説得するべく、冬弥はゆっくりと丁寧に言葉を紡ぐ。

『然《しか》るべき場所に行きましょう。僕が送ってさしあげますから』

それでも、まったく反応を示さない幸恵に、冬弥は眉根を寄せた。

『ならば無理矢理でもこの家から出て行ってもらうしかないですが、いいですね？』

厳しい冬弥の声に、ようやく幸恵は反応を示した。

『出て行く？　あたしが？』

『そうです。他に誰がいるのですか？』

すると、幸恵は髪を振り乱しながら首を横に振る。

『いやだ。あたしは良子が羨ましかった。笑い声の絶えない家庭、大企業に勤めている旦那。子供に恵まれ幸せそうに暮らす良子を！　それにここに引っ越してから周りと馴染めず悩んでいた良子に、あたしはいろいろ面倒をみて親切にしてあげた。なのに、良子はあっという間に近所の人たちに溶け込んであたしから離れていってしまった！　やっと友達ができたと思ったのに！』

『だけど、ずっとここにいるわけにはいかないでしょう。どんなに羨んでもここにあなたの居場所はないのですよ。この家から出て行きなさい。あなたは死んだのです』

厳しい冬弥の口調に、幸恵はなおも嫌だと首を振る。

『いやだ。いやだ！』

『幸恵さん、然るべき場所へ行くための道を、僕がここに作ります。今あがらなければ、上へ行く機会を失ってしまうかもしれないのですよ。だから』

『あたしはどこにも行かない。あたしの居場所はここ！　ここがいいの！』

『植村さんの幸せを羨み、そうやって取り憑いていては、あなた自身は何も前に進めない。もう一度言います。あなたは死んだのです』

『うるさい！』

冬弥はため息をつく。

どうやら、上にあがる気も、ここから出て行く気もないらしい。

できれば彼女の魂を浄化させてあげたいが、やはり無理のようだ。

話してわからないのなら情けは無用。

浄霊ではなく、問答無用の除霊だ。

強制的に退いてもらう。

数珠を持った手を合わせる冬弥に気づいた幸恵は悲鳴を上げた。

『何をする！』

経を唱え始めた冬弥に、幸恵はここから追い出されてたまるものかとばかりにソファの背もたれにしがみつく。

『冬弥、追い払ってもまたやってくるかもしれないぞ。この女、しつこそうだからな』

『二度とここには近づけないよう、この家の周りに結界を張って固める』

『結界だと？』

『見えない壁を作り、二度と幸恵さんが植村家に入って来られないようにする。さらに、幸恵さんが徘徊《はいかい》しないよう、彼女の自宅に檻《おり》を作り、そこに閉じ込める』

『一生檻に閉じ込めるのか？』

『幸恵さんが反省するまで』

『うむ。いよいよ、霊能師らしい仕事になってきたな』

孤月は楽しそうにうなずく。

『さあ、幸恵さん、これが最後の説得です。どうしますか？　あがりますか？』

『いやだ！』

『なら、この家から出て行ってもらいます』

『いやだ！　やめて。あたしはどこにも行かない。あたしは彼女の側に……ここにいたいの』

泣きながら懇願する幸恵だったが冬弥は容赦なかった。

さらに続く冬弥の経に、幸恵は抗《あらが》うこともできず、ソファにうずくまるだけであった。

『やめて……やめ……――て……』

弱々しい声を発しながら徐々に薄くなっていく幸恵の姿。

ふと、冬弥は経を唱える声が途切れそうになった。

幸恵の背後にわだかまる黒い影を見たからだ。

あれは……あの影は？

禍々《まがまが》しい気配を放つ黒い塊。

邪《よこしま》な念を持ったそれ。

それが幸恵を支配していたのか。

『冬弥！』

諌《いさ》める孤月の声に、冬弥は我に返り再び経を唱えることに集中する。

やがて、幸恵の姿が消滅してしまった。

冬弥は緩やかに目を開けソファを確認する。

そこに、幸恵の姿はない。

澱《よど》んでいた空気もきれいに浄化された。

良子をかえりみると、胸の辺りで手を組み不安そうな面持ちで立ち尽くしていた。

「終わりました。もう大丈夫ですよ」

にこりと笑いかける冬弥に、良子はほっと息を吐き出す。

もともと幸恵の霊は、良子に対する妬みからきていたものだった。それほど悪辣なものではなかったので、すぐに追い払うことができた。

ただ、幸恵の背後にいた黒い影が気になったが。

「幸恵さんは成仏したのですか」

冬弥は首を振る。

「説得してみたのですが、だめでした」

あとは、幸恵自身が死を受け入れ、この世への未練を断ち自力であがっていくしかない。それが何年、何十年かかるかわからないが。

「じゃあ、彼女がまたここに……」

「いえ、安心してください。この家には二度と入ってこられないようにしました。幸恵さんには……」

冬弥は窓の外に視線を向ける。

「自分の家に帰ってもらいましたので」

「家に？　そうですか……」

まなざしを落とす良子の表情に、沈鬱《ちんうつ》なものが過《よぎ》る。

おそらく良子にとっても、後味の悪い結果となってしまったであろう。

本当なら、幸恵の魂を浄化させてあげたかったが、彼女がそれを受け入れなかったのだから仕方がない。

死者に対しての説得は、生きている者よりも難しい。

この世に無念や未練を残している者ほどなおさらだ。

「植村さん、これからはあまり彼女のことは考えないようにしてください。せっかく引き剥がした幸恵さんを、再び引き寄せてしまうことになるかもしれません」

「わかりました。そうします。本当にありがとうございました」

「ところで、幸恵さんの家は確か、この家の通り沿いにある角の家でしたよね？」

帰り際、冬弥は一度、幸恵が住む家を見てみたいと思った。

「ええ、そうです。でも、残されたご主人も、いつの間にか引っ越してしまったらしく、今は空き家です」

そこで、良子ははっと思い出したような顔をする。

「そういえば、先ほど幸恵さんは家に帰ったとおっしゃいましたが、もしあの家に新しい住人が引っ越してきたら……」

良子の疑問に冬弥は困ったように笑うだけであった。

つまり、新しく越してきた住人に何かしらの霊障が現れるかもしれないということである。

そして、植村宅を後にした冬弥は、その足で幸恵の家に向かった。

主を失ったその家の門には、売り出し中の看板がかけられ、新たな住人がやってくるのを静かに待っているようであった。

蝶番《ちょうつがい》が壊れ、油の切れた門扉は風が吹く度、ぎっと不快な音を鳴らし、門の向こうに無造作に伸びる樹木が、まるでこちらを誘い込むかのごとく腕を広げているように見えた。

ふと、視線を感じて二階の窓を見上げると、黒い人影が見えた。

ガラス越しに、じっと恨めしそうな目でこちらを見下ろす女の姿。

冬弥は女から視線をそらした。

もう植村さんが霊に悩むことはないだろう。しかし、除霊中に感じた幸恵の背後の正体を掴むことができなかった。

幸恵の背後を突きつめると、もっと根の深い大きな闇がわだかまっているのかもしれない。

いや、依頼はここまでだ。

これ以上深く立ち入るのは己の身を危うくする可能性がある。

ねっとりとまとわりつくような視線を感じながらも、冬弥は振り切るように背を向け歩き出す。

その瞬間、手にした数珠がぴしりとかすかな音を立てた。

水晶の一つに細かな亀裂《きれつ》が入ったのだが、冬弥と孤月の耳にその音は聞こえなかった。


それから一週間後、良子が改めて冬弥のマンションを訪ねてきた。

「先日は本当にありがとうございました」

差し出された菓子折に、孤月がきらきらと目を輝かせる。

『うわあ！　しっとりとろなまバームクーヘンだぞ！　早く食べたい。今すぐ食べたい！』

無邪気《むじゃき》に喜ぶ孤月に冬弥は困ったように笑う。

『孤月、もう少し待ってね』

『うむむ……』

『あとで、とっておきの紅茶もいれてあげるから』

『とっておきの紅茶？……なら、少しだけ待ってやる』

そう言って、孤月は良子が座るソファの隣にどかりと腰を下ろす。

「その後、どうですか？」

「ええ、嘘のように元通りになりました。体調もよくなったし、頭痛もなくなりました」

確かに良子の表情は晴れ晴れとしたものであった。

顔色もよく見えるのはメイクのせいばかりではなさそうだ。最初にここへ現れたときと比べると別人のようだ。

「そうですか。よかったです」

冬弥はほっと息をつく。

「あの後すぐにソファを買い替えたんです。亡くなった後も幸恵さんがあの場所に座っていたのかと思うと気持ちが悪くて。夫もそうした方がいいと言ってくれました。本当に稜ヶ院さんに相談をしてよかったと思います」

依頼者のその言葉が聞けると冬弥も嬉《うれ》しく感じた。

「また何かあったら……」

そこまで言いかけ、冬弥は苦笑いを浮かべて後の言葉を呑《の》み込む。

また、などあってはいけないのだから。

「それで、遅くなってしまいましたが」

良子はバッグから茶色の封筒を取り出しテーブルに置いた。

中を確かめた冬弥は、思っていた以上の金額に目を丸くする。その横で孤月も首を伸ばして封筒の中身を覗き込む。

『少ないぞ。少なすぎる。除霊には命の危険が伴《ともな》うというのに、冬弥の命がこの程度の値段だと？』

横で文句を言う孤月に対し、冬弥は申し訳なさそうに良子を見る。

「あの……こんなにたくさんはいただけません」

「どうかお受け取りになってください。私、本当に感謝しているんです」

『感謝しているというなら、もう少し色をつけるべきではないのか？　そんなこと、常識だろう常識。それに、一流企業の旦那なら稼ぎもいいのだろう？』

下世話なことを口にする孤月を横目で睨みつけ、冬弥は礼をして封筒をおさめた。

「では、お言葉に甘えて」

『冬弥、いいのか？　たった、それっぽっちの金額で！』

最後の最後まで孤月は報酬の金額に不満をもらしていた。

良子が帰ると、冬弥はもう一度息をつく。

孤月は別の意味でため息をついていた。

いただいた依頼料が少ないことにまだ納得がいっていないらしい。

「これでやっと安心できるかな」

依頼を無事こなしたあとは、安心感と疲労感が一気に、それも同時に押し寄せてくる。

「僕も師匠みたいに有能だったらこんなに悩まずにすむんだけど」

「冬弥はじゅうぶんにやっていると思うぞ。それに、冬弥はあの男に負けてなどいない！」

力強く断言する孤月に冬弥は苦笑する。

「僕はまだまだだよ。師匠の足元にも及《およ》ばない」

「そんなことはないぞ！　絶対にない。だいたいあの男は確かに霊能師としての力はまあ多少、あるかもしれない。だが、あいつは性格がよくない。人間的に問題がありすぎる！」

師匠は力のある霊能師だ。

当然のことながら孤月の姿も視えるし、会話をすることもできる。しかし、孤月と師匠は仲がよくない。

もっとも、孤月が一方的に師匠を嫌っているだけなのだが。まあ、これには深い訳がある。

その昔、冬弥の実家で起きた霊障問題を解決するためにやってきた師匠が、屋敷の裏庭にある小さな稲荷社で、禍神《まがかみ》となりかけた孤月を消そうとした。しかし、冬弥はそんな孤月を憐《あわ》れに思い、師匠を説得して彼女を救った、という過去があった。

孤月の文句はさらに続く。

「だいたい、あの男は私のことを子供扱いするのだぞ！　私の方があいつよりも長生きているというにもかかわらずだ。まったく失礼極まりない。あの腐《くさ》れ野郎！　呪われてしまえ！」

「孤月、言葉使いが悪いよ」

「ふんっ！」

「孤月、おいで」

と、呼んで冬弥は幼い少女に手を伸ばした。

誘われるまま孤月がソファの端にちょこんと、腰を下ろす。

冬弥の手が孤月の頭を優しくなでる。

もっとも、孤月に実体はないが。

なでられるたび、孤月は嬉しそうに尻尾をぱたぱたと振った。

「孤月は僕にとって大切なパートナーだよ。孤月が側にいてくれると僕も安心する」

「冬弥……」

やわやわと頭をなでられ、気持ちよさそうに孤月は目を細める。

どうやら孤月の怒りもおさまったようだ。

同時に、冬弥のまぶたも重くなっていく。

「冬弥、疲れたのか？　今日はゆっくりと休め」

「うん、そうしたいところだけど、実はそうもいかないんだ。一時間だけ……一時間経ったら起こしてくれる？　レポートがあるけどまだ終わらなくて。明日までに仕上げ……」

と、最後まで言い終わらないうちに、冬弥の唇から穏やかな寝息がもれる。ぺたりと床に座った孤月は、ソファに頬杖をつきながら眠る冬弥の顔を覗き込んだ。

リビングテーブルの上に置かれた数珠の、亀裂の入った水晶が鈍い光を放つ。

これは、この先へと続く不吉な予感か。

第二章 ▼ 肝試しの怪異

それは、大学から帰ってきて郵便受けを覗いたときのことであった。

冬弥はポストの中、チラシの束に挟まるようにして、一通の白い封書があることに気づく。

その封書から、不快な気配が漂ってきた。

それは、禍々しい、悪意に満ちた深い怨念と業。

差出人の名を見ると〝柚木浩一〟と書かれてあり、住所はG県であった。

知らない人物だ。地名も初めて聞く。

部屋に帰った冬弥は、ダイニングテーブルの上に先ほどの手紙を置き、椅子に座り込んでしばらくの間思い悩む。

できることなら封を開けるのは避けたい。関わりたくない。

だが、おそらくこの手紙の差出人は霊能師である冬弥に、霊的な依頼をしてきたのだろう。

「仕方がない……」

意を決し手紙に手を伸ばす。

意識して視る力を完全に遮断する。そうしなければ、手紙を読んだだけで相談者の背景を視てしまう恐れがあるから。

白い便せんには、万年筆で書かれた達筆な文字。

呼吸を整え身がまえる。そして、ゆっくり読み始めた。

読み進めていくうちに、冬弥の眉間に深いしわが刻まれていく。

手紙の内容は先祖がかけた呪術のせいで、屋敷の人間に次々と不幸が起こり、自分の娘も昨年亡くなったというものだった。

警察から、死因は事故と報告を受けたが、本当に事故なのか信じられずにいる。もしかしたらこれも呪いのせいではないだろうか。

このままではいずれ妻の身にまでよくないことが起こるのではないかと恐れ、冬弥にぜひ、原因をつきとめ呪いを解いて欲しい、という内容であった。

「依頼を引き受けるのか？」

「いや……これは僕には手に負えない依頼だよ」

深く関わってはいけないと、心の中で警鐘が鳴っている。

「だが、名家からの依頼なのだろう。お金持ちなら、きっと報酬もたくさん貰えるぞ」

良子の依頼の報酬がよほど不満だったのか、孤月はそのことをまだ引きずっているらしい。もっとも、冗談で言っているのだろうが。

「報酬よりも命の方が大事だ。できない依頼を請《う》け負っては結局、相手に迷惑をかけてしまう」

まあ、そうだな、と孤月はうなずく。

すぐに冬弥は依頼を断る旨の手紙をしたため送り返した。

その夜、夢を見た。

白い着物を着た長い黒髪の女が、訴えかけるような目で自分のことを見ている夢を――。

手紙の返事を出してから、一週間、二週間と経ったが、それきり依頼者からは何の音沙汰もなく、そして、さらに半月が過ぎ、手紙のことすら忘れかけた頃のことである。

午後からの講義に出るため大学内を歩いていた冬弥は、突然背後から名を呼ばれ振り返った。

「あの、稜ヶ院さん？」

すぐ後ろに一人の女性が立っている。膝上のワンピースにカーディガン。毛先をふわりと緩くカールした茶髪の女性。

その女性の姿を見た冬弥は、思わず、ああ……と声をもらす。

「あのですね、あの……稜ヶ院さんの家って、その、心霊的な相談を受けているって噂《うわさ》で聞いたことがあるんですけど本当ですか？　あ、すみません。あたし、文学部二年の狭山心愛《さやまここあ》っていいます。どうしても相談に乗って欲しいことがあるんです。今度お話を聞いてもらってもいいですか？」

「もちろん、かまわないけど」

「あ、ありがとうございます！　助かります！」

心愛と名乗った女性は頭を下げた。

「何か……」

困ったことがあったの？　と尋ねるより早く心愛はくるりと背を向け、それじゃあ、今度伺いますね！　と言って走り去ってしまった。

「何なのだ？　あれは」

去って行く心愛の後ろ姿を、孤月は首を傾げて見つめている。

「さあ……」

電話番号も、メアドも、住所も、何も聞かずに去って行ってしまったが、どうするのだろうか。

まあいいか、と冬弥は肩をすくめた。

同じ大学なら、本当に相談に乗って欲しくなったときに、また向こうからやってくるだろう。

そう思ってあまり深刻に受け止めなかったが、狭山心愛が再び冬弥の元へやってきたのは意外にも早く、それから二日後のことだった。

それも突然、家を訪ねてきたのだ。

この日も冬弥はエプロン姿で朝から趣味の料理に精を出していた。

「ほう？　今日のお昼はカレーか」

「バターチキンカレーを作ろうと思って」

市販のルーを使わない、冬弥お手製本格バターチキンカレー。

たまに、スパイスたっぷりのカレーを無性に食べたくなるときがある。

鍋にバター、クミン、ガラムマサラ、パプリカパウダーとカレー粉、一味唐辛子を投入して炒め、さらに、すりおろしたしょうがとにんにく、玉ねぎのみじん切りもくわえ、じっくり炒めていく。

たちまち、鍋からスパイシーな香りが立ちのぼってくる。

玉ねぎが飴色《あめいろ》になったら、トマト缶と昨晩からヨーグルトとカレー粉で漬け込んだ鶏肉をくわえ、あとは中火でじっくり煮込むだけ。

「うむ。うまそうだ。ほんとうに冬弥は料理上手なのだな」

孤月は今にも涎《よだれ》を垂らさんばかりに鍋の中を覗き込んでいる。

カレーを煮込んでいる間に、マッシュポテトにとりかかる。

茹であがったじゃがいもを熱いうちに裏ごしして、滑《なめ》らかになったところに牛乳、生クリーム、バターをくわえ、塩こしょうで味を調える。

マッシュポテトが完成した頃に、煮込んでいたカレーもできあがったようだ。

「できたよ」

「おお！」

冬弥はできあがったバターチキンカレーを皿によそいテーブルに置く。さらに、マッシュポテトと冷たいじゃがいものスープも並べた。

スープは昨日作った残りだ。

「冬弥は細身なのによく食べるのだな」

「このくらい普通だよ。では、いただ……」

スプーンを手に、さて食べ始めようとしたそこへ、来訪者を告げるチャイムが鳴った。

またこのパターンか、と思いながらドアホンに出る。

「はい」

「さ、さ、狭山です！」

「狭山といえばこの間の〝ここあ〟とかいう娘ではないか。タイミングの悪い娘だ。どうする？　せっかくのカレーが冷めてしまうぞ」

「そうはいっても、また後で来て、というわけにもいかないから」

まったく、人がいいにも程がある、と孤月はぼやく。

「どうぞ。上がってきて」

エントランスのロックを解除すると、やがて廊下から靴音が聞こえ、今度は玄関のチャイムが鳴る。

冬弥は急いで扉を開いた。

「すみません。予約もせず突然来てしまって。今、大丈夫ですか？」

冬弥は苦笑する。

口コミでぽつぽつ仕事の依頼が来る程度なので、予約が必要なほど忙しいわけではないからそれはまったく問題ない。

冬弥の師匠は、それこそ立て続けに依頼が山のように入り、休む暇もないくらい忙しくしているが。

それにしても、相談に乗るとは言ったが、まさかいきなり家を訪ねてくるとは驚いた。

「大丈夫だから入って。それにしても、よくここがわかったね」

「稜ヶ院さんと同じ学部の人から聞き出したんです」

「そっか。この間は声をかけてきたと思ったら、すぐ行っちゃったから心配したよ」

「はい……あの時は稜ヶ院さんが一人きりのところを狙って、それで思い切って声をかけたから」

「どうして？　気軽に声をかけてくれればいいのに」

「無理です！」

「無理？」

「だって他の人に、特に女の子たちに見られたら後で何を言われるか……だから何日も前からずっと稜ヶ院さんが一人きりになるタイミングを狙っていました」

「……そ、そうなんだ」

冬弥は困ったように頭に手を当てた。

まさか、心愛に見張られていたとは、まったく気づかなかった。

死んだ者の放つ視線や向けられる感情、想念には敏感だが、生身の人間のそれにはどうやら鈍いらしい。

「女の子たちの間ですごい人気なんですよ。稜ヶ院さんは美形で背が高くて細くて、頭もいいし優しい人だって」

側で孤月がむう、と唇を尖《とが》らせながら冬弥の腰に抱きついている。

まるで、冬弥はわたしのものだといわんばかりに。

「ここで話もなんだし、と、とにかく上がって」

冬弥は心愛を家に招き入れた。

おじゃまします、と言って心愛は家に上がり込むが、テーブルの上に並ぶ料理を見て慌てだす。

「す、すみません！　お食事中のところだったなんて。出直してきたほうがいいですよね？」

そう言って、足を一歩後ろに引いたところで心愛のお腹がぐうと派手に鳴った。

「あ……」

心愛は恥ずかしそうに顔を赤らめ、お腹を手で押さえた。

「ここのところ何も食べてなくて……っていうか、食事も喉を通らない状態だったからでも、美味《おい》しそうなカレーを見たらなんだか」

お腹が空いてきてしまいました、と呟《つぶや》く。

「よかったら、食べる？」

「え？　い、いいです。悪いですから……」

と言ったそばから、再び心愛のお腹が鳴る。

冬弥は笑った。

「もし、よかったらだけど。実はたくさん作りすぎてしまったんだ」

「ええと……すみません。では、お言葉に甘えてご馳走《ちそう》になります」

「よかった。適当に座って」

「はい」

椅子に座った心愛の前に、作りたてのバターチキンカレーを置く。

「どうぞ、召し上がれ」

「いただきます」

スプーンを手に、バターチキンカレーを一口食べた心愛の顔に満面の笑みが広がっていく。

「美味しい！　このカレー、稜ヶ院さん……が作ったんですか？」

「料理が趣味なんだ」

「すごーい。料理、上手なんですね。これ、お店で出しても充分通用しますよ。お金取れるレベルです！」

『なら、金を払え』

憮然《ぶぜん》とした顔で心愛を睨みつける孤月を、冬弥はまあまあ、と宥《なだ》める。

「ありがとう。それと、呼びにくいと思うので冬弥でいいよ」

「え？　じゃあ、冬弥さん……そうそう！　稜ヶ院って本名ですか？　すごい名字ですよね。珍しいというか何というか、格式ある感じだなって」

「まあ……」

冬弥は苦笑いをする。

　これでも実家に帰れば広大な土地と大きな屋敷に、数人のお手伝いを抱える名家中の名家だ。といっても、冬弥は妾腹《めかけ》の子であるが。だが、そのせいもあって家に縛られることもなく、こうして自由でいられるのだが。

「そういう狭山さんも」

「あたしも心愛でいいですよ」

「ここあって、どういう字を書くの？」

「心に愛情の愛です。それで、ここあ」

「へえ、可愛い名前だね」

　可愛いと言われ、心愛は照れたように顔を赤くする。

「そんな……可愛いだなんて……」

『おいおい、勘違いするな。冬弥は名前を褒めただけだぞ。名前を！　お前自身のことを褒めたわけじゃないぞ』

　などと、ひとしきり互いの名前で盛り上がり、何となく緊張感も解れたのか、心愛は笑顔を見せるようになった。

　それにしても、互いのことをよく知らないのに、こうして一緒に食事をするというのもおかしな話である。だが、心愛の緊張感を取り除くことができれば、依頼の話もスムーズに進むのではという考えも冬弥にはあった。

ずっと食欲がなくて、ほとんど何も食べていなかったと言っていた心愛だが、出されたバターチキンカレーを平らげ幸せそうな顔だ。

「美味しかった。ごちそうさまです」

「おそまつさまでした」

「冬弥さんがこんなにお料理上手だなんて驚きです」

心愛の手放しの賞賛に、冬弥も照れたように笑う。

そうして片付けを終え、テーブルに二人分のコーヒーを置いた冬弥は、互いに向かい合って座る。

いよいよ、ここからが依頼の話となる。というか、ようやくだ。

「それで相談って？　何があったの？」

「冬弥さんの家に有能な霊能師さんがいて霊障相談を受けているって、一部の生徒の間では有名で……」

言いながら心愛はリビングを見渡し首を傾げた。

次に大きく目を見開く。

この家に冬弥しかいないことに、今さらながらに気づいたようだ。

「有能かどうかはわからないけど。僕がそう」

「うそ！」

よほど驚いたらしく心愛は口元に手を当てた。

「それで、わざわざ僕のところを訪ねてきた理由は？　どんな霊障トラブルに悩まされているの？」

まだ意識して視ていないから心愛に何が起きて、どういう状況なのかわからない。

しかし、はい、とうなずく心愛の表情が急に強張った。

「実は……とある廃神社に肝試しに行って以来、おかしなことが起こり始めたんです。そこは心霊スポットとして有名で」

『心霊スポットで肝試しとはベタ……な』

そこで、孤月はああ！　と声を上げた。

『この女、この間駐車場で騒いでいた集団の一人ではないか。仲間と心霊スポットに行くとか言っていた』

あの時の女子だ、と心愛を指さす孤月に、冬弥は静かに、というようにさりげなく自分の口元に人差し指を当てた。

冬弥は心愛のことに気づいていたのだ。

心愛は続ける。

肝試しに行ったのは同じ大学のサークルのメンバー四人。

自分と、丸山亮一《まるやまりょういち》、穂波恭子《ほなみきょうこ》、田上高志《たがみたかし》で、きっかけは、

「先日、Ｇ県で起きた事故のニュースを見て」

と言う心愛に、冬弥はああ……と声をもらす。

峠を走行中に車が崖から転落した事故だ。そういえば、あの時の若い夫婦はどうなったのだろうか。

あの後、何度かニュースが流れたが、冬弥はあえて〝視ない〟ようにしていたから、その後二人と赤ちゃんがどうしているかわからない。

「私たち四人は大の心霊好きで、時々集まっては心霊スポットや廃墟に出向いて肝試しをしたり、写真を撮ったりするのが趣味なんです。今回もその事故があった近くに〝呪いの廃神社〟と呼ばれる心霊スポットがあって、行ってみよう、ってことになったんです」

心愛に気づかれないよう冬弥は小さくため息をつく。

霊が出るとわかっていながら、よくそんな場所に行く気になれるものだと感心してしまう。

嫌でもいろんなものが視えてしまったり、引き寄せたり、最悪、連れて帰ってしまう冬弥にとって、信じられない話であった。

「もちろん最初は、呪いだとかそんなのはあるわけがないって笑ってたんです」

でも……と言って、心愛は身体を震わせた。

「肝試しから帰ってから、おかしなことが起こり始めて……」

後にネットで調べると、確かにそう呼ばれる神社がG県に実在していた。正式な名は久見神社という。

「今となってはあの場所に行ったことを後悔しています。まさか、あんなことが起きるなんて――」

心愛は肝試しに行った時のことを思い出すように語り始めた。

心愛たち四人は、講義を終えた土曜日の夕方から、とある心霊番組で取り上げられ一躍心霊スポットとして有名となった、呪いの廃神社に肝試しに行こうということになった。

呪いの廃神社は、都内から高速に乗って二時間ほどのところにあり、四人は亮一の運転する車に乗って向かうことになった。

「呪いの廃神社ってさあ、たまたまドライブをしていた男女が立ち寄って、幽霊に取り憑かれて、帰りに悲惨な事故にあったってやつでしょ」

「そうそう。他にも、写真を撮ったら幽霊が写ってたっていう人もいるみたいだぜ」

助手席に座る高志は、スマホを操作しながら後部座席に座る恭子の質問にそう答える。

「あたしたち、帰り大丈夫かな。この間そこで事故が起きたばかりだし」

心愛の不安そうな声に、車内は一瞬しんと静まりかえる。

「おい、怖いこと言うなよ。ま、まあ……とにかくあの番組はちょっと胡散《うさん》臭かったし、幽霊が写ったっていうのも本当かどうか怪しいし、そもそも呪いなんて、そんなの実際にあるわけないじゃん」

「そ、そうだよね。そんなの本当にあるわけないよね」

「たとえあったとしても、あたしたち霊感なんてないから何も感じないし」

「そういうこと」

四人は、あはは、と笑い声を上げた。

こんなふうに、この日も軽い気持ちで心愛たちは心霊スポットに向かった。

先ほど四人が話をした通り、何度もそういった場所を訪れてはいるが一度も霊とおぼしきものに遭遇したことはなく、写真を撮ってもそれらしいものが写ることもない。

さらに、自分たちの身におかしなことも起こることはなかった。

偶然心霊写真が撮れてＳＮＳにでも載っければ、ちょっとした話題になるだろう、という軽い気持ちだ。

四人を乗せた車は高速を走り、とあるＩＣで降りると、そこからさらに国道を走り続け、ようやく、呪いの廃神社があるという峠にさしかかった。

すでに日付も変わった深夜。

「お、だんだんそれらしい雰囲気になってきたんじゃね？」

窓の外を眺めながら高志は嬉々《きき》とした声を上げる。

峠を登り始めると、徐々に車幅は車一台がやっと通れる程度の狭さになり、辺りは暗く、ひたすら深い山道が続くだけ。

民家らしきものはなく、通りかかる者もいない。

そもそも深夜。

こんな時間に何もない山奥を、人が歩いている方がむしろ恐怖だ。

「それにしても、すごい山道だな。カーブがきつい」

「そういえば事故があった場所はどの辺りだっけ。頼むから運転気をつけろよ。崖から落ちたらシャレになんねえから」

「わかってるって。気が散るからあんまり話しかけんな」

ハンドルを握る亮一の顔は真剣だ。

「あの事故、ネットでは呪いのせいだって書かれてたよね。呪いの廃神社に行ったせいで事故が起きたとか」

「さあ、そこまで詳しくは知らないけど」

やがて、目的地周辺です、と告げる機械的なナビの音声に、四人は緊張した面持ちでごくりと唾を呑み込む。

「この辺りらしいぞ？」

ほんの少し開けた場所に出たところで、亮一は車を停めた。

「暗くてよく見えないな」

「いったん降りてみるか」

四人は車から降り、辺りを見渡した。

肌寒い空気に心愛と恭子は寒いね、と言いながら自分の身体を抱きしめるように腕をさする。

すかさず、高志は手にしていたスマホで録画を始めた。

「えー、ここがG県にある呪いの廃神社です。超有名な心霊スポットですね。周りには何もありません。山の中です。暗いです。いかにも何か出そうな感じです」

おどけた口調で高志はその場の状況を説明し始めた。

四人はそれぞれ持参した懐中電灯の灯りを点《つ》け、恐る恐るといった足どりで歩を進めていく。

「おい、向こうに鳥居らしきものがあるぞ！」

正面遠くに懐中電灯を向けた高志が嬉しそうな声を上げる。

明かりが照らす先に、古びて崩れかけた鳥居が見えた。

おそらく、ここが噂の神社で間違いなさそうだ。

鳥居の手前までやってきた四人は、そこでいったん歩みを止めた。

「気味が悪いな」

「いかにも何かでそうな感じ」

「ねえ、やっぱ行くのやめない？　雑草がすごくて前が見えないし、嫌な感じがする」

怯えた声を発する心愛を高志が見る。

「おいおい、ここまで来て今さら？　せっかく来たんだ。俺は行くからな」

足を踏み出した高志の後を、恭子と、渋々といった様子の心愛、さらにその後ろを亮一という順番で続き鳥居をくぐった。

伸びきった草木が四人の行く手を阻む。

背丈ほどもある草木をかき分けながらさらに進んで行く。しかし、やはり数歩歩いたところで心愛は歩みを止めてしまった。

「どうしたの？」

立ち止まった心愛を恭子が振り返り問いかける。

「あたし、やっぱり行きたくない。これ以上進むの嫌なの」

「じゃあ心愛はここで待ってろ」

そう言って、後ろにいた亮一が心愛を追い越していく。

心愛はその場に立ち尽くしたまま、どんどん前に進んで行く三人の後ろ姿を見つめていたが、すぐに草木で見えなくなった。

急に自分だけが暗い場所に置いていかれるのではないかという不安を感じる。

見えるのは三人が手にする懐中電灯の弱々しい光だけ。

心細くなってすぐに三人の後を追いかけようとするが、それでも足が一歩も前に進まなかった。

「えー、本殿らしきところに辿り着いたようです。かなり荒れています。ぼろぼろですねー」

茂みの向こうから、現場を実況する高志の声が聞こえてくる。

その時であった。

――ザワザワ……。

「……え？」

どこからともなく聞こえてきたその音に、心愛は周りを見渡し懐中電灯を右に左にと向ける。

「ねえ、今、何か変な音が聞こえたんだけど！」

大声を上げ、前方にいる三人に伝える。

「音？　何も聞こえな……」

声を上げて返事をする恭子の言葉と重なりながら、

——ザワザワ……。

と、再びその音が聞こえてきた。

「ほら、よく聞いてよ！」

心愛の切羽詰《せっぱ》まった声に、それまで騒がしかった高志と亮一も口を閉ざす。

静寂が落ちた。

——ザワザワ……。

確かに、どこからともなく音が聞こえてくる。

大勢の人が蠢《うごめ》いているような、ざわつく気配。

「何だよこの音」

「誰かいるのか？」

「気味が悪いよお……」

草むらの向こうにいる三人の耳にも、今の音が聞こえたようだ。

すると突然三人は、ぎゃっと悲鳴を上げ、心愛に向かって駆け寄ってきた。

「やべえって」

「やっぱ、ここおかしいよ！」

怯える高志たちの声が近づいてくる。すると、めちゃくちゃに腕を振り回しながら、高志を先頭に、亮一、恭子も草陰から飛び出してきた。

「な、なに、どうしたの？」

そのまま足を止めることなく停めてある車に向かって走り出す三人につられ、心愛も駆け出す。

「ねえ、どうしたの？」

「女の人の呻《うめ》き声が聞こえたのよ！」

「女の人？」

「赤ちゃんの泣き声も聞こえた！」

「うわっ！」

突如《とつじょ》、悲鳴を上げたのは高志であった。

どうやら、地面から盛り上がった木の根に足をとられ転んでしまったらしい。けれど、転んだ高志にはかまわず我先にと三人は車へと走る。

背中に感じる重苦しい何か。

霊感などまったくない心愛ですら、背後から何かが迫ってくる異様な気配を感じ、背筋がぞわぞわとした。

亮一、恭子、そして心愛は鳥居を抜け、その先に停めてある車に急いで乗り込んだ。

「何かついてくるよ！」

恭子は何度も後ろを振り返りながら言う。

「何かって何だよ！」

「わかんないよう。でも、たくさんの人のような気配を感じたの！　そいつらがあたしたちを捕まえようと追ってきてるの！」

恭子の声はもはや泣き声に近い。

運転席に座った亮一は、震える手でエンジンをかけるが、どういうわけか何度やってもかからない。

「急いでってば！」

「わかってるよ！　頼むよ……頼むから、かかってくれ！」

後部座席に乗った心愛は神社の方を振り返る。

「よし！　かかった！」

「ちょ、ちょっと待って！　高志くんがまだ！」

高志が待ってくれと片手を前につきだし、叫びながら走ってくる姿が見えた。

心愛は息を呑む。

高志の背後に迫る黒い靄のようなもの。

その靄がどんどんと広がり、まるで大きな口を開け今まさに彼を飲み込もうとしていた。

「高志くん早く！」

しかし、高志が追いつくのを待たず車は走り出す。

「ちょ、高志くんがすぐ後ろに！　止めて！」

けれど、一刻も早くこの場から逃げ出したい亮一には、止めてと叫ぶ心愛の声は聞こえなかったようだ。

いや、聞こえていても、それどころではなかったのかもしれない。

元来た道を戻り、麓《ふもと》まで降りたところで亮一は車を停めた。

しばらく誰も声を発する者はなく、茫然《ぼうぜん》とした顔をする。

ようやく、心愛が呟くような声をもらす。

「高志くんが……」

亮一はハンドルにもたれるようにして顔をうずめ、助手席に座っている恭子はうなだれている。

仲間を置き去りにしてしまったことに罪悪感を抱いているのだ。

「しかたないよ……だって、変な黒い影みたいのが追ってきてたんだよ？　逃げなきゃ、あたしたちがそれに捕まってたかもしれないでしょう！」

高志を置いてきてしまったことに対する後ろめたさを拭うように、恭子は言い訳をする。

「高志くんに電話かけてみる」

心愛はスマホを手に取ると、高志を呼び出した。

しん、とした車内に響くコール音。

亮一と恭子も固唾《かたず》を呑み、その音に耳を傾けていた。

コール音が切れる。

「高志くん……っ！」

しかし、返ってきた音声は――。

『おかけになった電話番号は、電波の届かない場所にあるか、電源が入っていないため、かかりません』

耳から離したスマホを見つめ、心愛は首を横に振った。

それから、何度も高志のスマホに電話をかけてみたが結果は同じであった。

もうあの場所には二度と行きたくない。このまま帰りたいというのが正直な気持ちであったが、さすがに仲間を残していくわけにはいかない。

夜が完全に明けてから、高志を探すため三人は再び廃神社に向かった。

日が昇り、辺りが明るくなったにもかかわらず、神社には不気味な気配が漂っている。

「高志？」

亮一は恐る恐る名前を呼ぶ。

「高志くん？」

次いで心愛と恭子も呼びかける。けれど、何度呼びかけても返事はなく、高志の姿は見あたらない。

「なあ、高志。いるんだろ？　返事をしろよ。置いていって悪かった。謝るから。だからもう悪ふざけはやめようぜ」

情けないことに、亮一の声は今にも泣きそうだった。

すでにここが呪いの廃神社だということも忘れ、三人は必死になって高志を探し回り、本殿に辿り着く。さらに、本殿の裏に回り込むと、その先に崖があった。

何の気なしに崖下を覗き込んだ恭子が鋭い悲鳴を迸《ほとばし》らせ、下の方を指さす。

そこに、頭から血を流した高志が、仰向《あおむ》けの状態で倒れていた。

「高志くんは崖から落ちたと？」

「すぐに警察を呼びました。警察の話では暗がりで足元が見えず、誤って足を滑らせたのだろうって。でも、それから数週間経っても高志くんは意識が戻らず、今は自宅付近の病院に移送され、入院したまま」

そこで心愛は口を閉ざしてしまった。

冬弥は心愛のその先の言葉を待ち続ける。

「あたしたちは高志くんを置き去りにして逃げてしまった。それで、高志くんはパニックを起こし崖から落ちてしまったんだと思うと……」

もしそうなら、高志をそんな状態にしてしまったのは自分だと心愛は自身を責めているのだ。

「ただ、高志くんが崖から落ちていた場所は、あたしたちが最後に高志くんを見た場所よりもかなり離れたところだったんです。それも神社の後ろの崖。高志くんは再び神社に戻ったとしか考えられなくて。だけど、神社から逃げようとしていたのに、何故再びそこに戻ったのかわかりません。いくらパニックを起こしていたとはいえ……いいえ、あんな暗い場所では右も左もわからなくなるものですよね。だから、やっぱり高志くんを……」

肩を震わせる心愛の目から涙がこぼれ落ちていく。

冬弥はテーブルに置いてある数珠袋から、数珠を取り出し握りしめた。

意識を視える状態に切りかえる。瞬間、心愛の肩にのしかかる黒い靄が視え、冬弥は眉をひそめた。

もやもやとしたそれは、よく見れば人の形のようにも見える。

どうやら、彼女も肝試しの現場から、何かを連れて帰ってきてしまったらしい。

だが、今すぐそれをどうこうしなければならないというほど切羽詰まった状況ではないようなので、とりあえず先に高志の状況を霊視しておこうと冬弥はさらに意識を研ぎ澄ませる。

心愛を介して、その時の現場まで遡《さかのぼ》り、高志がそこでどういう状況でいたのかを探るのだ。

まどろっこしい方法に冬弥は歯がみする。

師匠ほどの力があれば、遠隔《えんかく》で現在の高志の意識に直接呼びかけ、会話をすることができるのだが。

「高志くんは神社で何かに呼ばれたようだね」

「え？」

何故、そんなことがわかるのか？　というように心愛は目を見開いた。

「今、彼に、その時の高志くんの記憶に触れてるから」

「そんなことができるの？」

冬弥は笑って自分の唇に人差し指を当てた。

少しばかり集中したいからだ。

軽くまぶたを伏せた冬弥は、さらに意識を研ぎ澄ませる。

「何かに呼ばれ、高志くんが社《やしろ》へ引き返している姿が視える。彼自身の意識に反して、その何かに引き寄せられ、高志くんは崖のほうへ行き転落してしまった。彼の魂は今も神社にいる」

心愛は言葉をつまらせてしまった。

さらに、霊視を続けようとしたが、冬弥は首を横に振り手を膝《ひざ》に置いた。

黒い靄が迫ってきたと心愛は言ったが、正確にいうなら神社に寄り集まった無数の霊たちの集合体だ。

恭子が言う、たくさんの人の気配とはこのことであった。

その霊たちに高志の魂は取り込まれてしまい、崖から落ちたその先の、彼の記憶を辿ることが不可能となってしまったのだ。

幽体となってあの場所にさまよっている彼を連れ戻すなら、彼にまとわりついている霊たちを排除しなければならない。

そのためにも一度廃神社に行く必要がありそうだ。

高志のことはいったん諦め、冬弥は心愛に話の続きを促した。

「帰ってきて、すぐにおかしな現象が起こるようになったのです」

最初におかしなことを言い出したのは亮一だった。

常に目の端に黒い影が見えるのだと言う。

けれど、影が見えた方に視線を向けても誰もおらず、なのにそれでも誰かに見られている気配が常に続き、亮一は怖くなってとうとう自分の部屋に引きこもるようになってしまった。

大学を何日も休む日が続き心配になって連絡をとってみたが、亮一は怯えるばかりで何を言っているのか、今ひとつ要領を得ない。

次いで恭子が突然身体中の痛みを訴え救急車で運ばれ、そのまま入院してしまった。意識不明の重体となった高志、そして亮一に恭子と、相次いで肝試しに行った仲間におかしなことが起きた。

次は自分の番ではないかと、心愛は毎日怯えながら過ごしていたが、肝試しから帰ってしばらく経つけれども、今のところ何も起こる気配はない。

「もしかしたら私だけ本殿に行かなかったから？　本当に怖くて近づくことができなかったんです。あ、でも朝になって高志くんを探すために行ったけど」

冬弥は眉をひそめた。

自分だけはなんともないと心愛は思い込んでいるようだが、霊的なものに鈍感で、自分の肩に取り憑いているものに気づいていないのだ。

そして、もう一つ心愛が今でも無事でいる理由。

それは――。

彼女の背後にいる存在が心愛を守っている。

本人は霊感などまったくないと言うが、彼女を守護する霊が強い力を持っている。今も泣いている心愛を心配そうに見守り、頭を優しくなでていた。

だが、その守りもいつまで持つかわからない、という危うい状態であることに変わりはない。

「怒らないんですね」

心愛はばつが悪そうに冬弥から視線をそらした。

「実は冬弥さんに相談する前に、何人か他の霊能師のところに行ったんです。その霊能師たちに興味本位でそんなところに行くからだってすごく怒られました」

心愛は申し訳なさそうに頭を下げた。

「ごめんなさい」

その謝罪はここへ来る前に他の霊能師に頼ったことか、あるいは、遊び半分で肝試しに行ってしまったこととか。あるいはその両方。

「僕のところに来る前に他の霊能師のところに行ったことならまったく気にしてないから、謝らなくていいよ。病院だって同じでしょう?」

「病院?」

心愛は顔を上げた。

「納得のいかない結果が出たときは別の病院に行って再度調べてもらったりすること

だってあるよね？　それと、興味本位で呪いの廃神社に行ったことに対する謝罪なら、すでに行ってしまったものはしょうがない。なかったことにすることはできないのだから。ね？」

あまり感心できることではないが、過ぎてしまったことをあれこれ言っても仕方がない。それよりも、早く不安を取り除いてあげることが先決だ。

心愛はうなずいた。

何人もの霊能師に相談していながら何故ここに来たのか。

理由は二つ。

彼らには手に負えない依頼だったのか。

もしくは。

「結局、どの霊能師も高いお金を払えば、本格的に除霊してやると言うばかりで」

冬弥は肩をすくめた。

そう、そういう輩《やから》が多いのが現状なのだ。

「相談料が一時間につき三万円。追加で一万円。除霊一体につき百三十万払いなさいって。別の霊能師は相談料五万円も取られました。さらに、宗教に入りなさいとか、悪霊を清めるという怪しい水を買わされそうになったり、他にもいろいろ……」

「まさかと思うけど、本当に百万円以上もの除霊料を払ったの？」

心愛は慌てて首を振る。

「払ってません。そんな大金払えるわけがないです。だけど、もう何を信じたらいいのかわからなくなって。お金がないなら親から借りなさい、とまで言われました」

冬弥は不快感を覚えて唇を引き結ぶ。

「とにかく今すぐ除霊しなければ、あなたは取り憑かれた霊に殺されると言われたんです。すぐに死んじゃうって」

「払わなくて正解。そういった脅しにひっかからなくてよかった。それと、死なないから安心して」

「あ、でも、一件だけ依頼を断った霊能師がいました。その人から冬弥さんのことを聞きました。稜ヶ院なんてとても珍しい名字だから、ひょっとすると同じ大学に通う稜ヶ院さんのことじゃないかと思って。稜ヶ院さんは、とても真剣に相談に乗ってくれるはずだってその人は言ってたんです。それに、こうも言ってました。稜ヶ院さんはすごい力を持っているから、もしかしたら何とかしてくれるかもしれないって」

冬弥は首を傾げた。

自分のことをそんなふうに好意的に思ってくれる人がいたとは。

冬弥は霊能師としては駆け出しだ。

紹介をいただけるのはありがたいことだが、中には嫌がらせで自分の元にやってきた厄介な依頼を押しつけてくる者もいる。

この業界に入ってまだ経験の浅い冬弥を困らせ、潰《つぶ》してこようとするのだ。

何度かそういう目にあって師匠に相談を持ちかけたら、師匠は単なるそいつらのやっかみだ、気にするなと言ってくれた。

それどころか、そいつらにおまえは脅威と思われてんだからむしろ喜べ、とまで。

だから、なるべく気にしないようにしている。

冬弥は気を引き締める。

「わかった。僕がなんとかしてみる。でもその前に、心愛さんに憑いているものを祓うのが先だね」

心愛はあんぐりと口を開けた。

「憑いている？　あたしに？　だって、あたしには何もおかしなことなんて起こってないし」

「そう思っているのは心愛さんだけで、心愛さんにもその呪いの廃神社に行ってから連れ帰ってきてしまったものがいるんだよ」

「そんな……」

「心愛さんの背後に、背後というのは心愛さんを守護する者のことだけど……その人が強い力で心愛さんを守っているんだ」

「おじいちゃんが？」

「亡くなったおじいさんだね。目を細めて穏やかな笑みを浮かべる人。おじいさんはとても心愛さんを大切に思っていて、常に見守ってくれている」

「私の背後に？」

冬弥はうなずく。

「心愛さんのおじいさん、七年前に亡くなってるよね？」

「そうです！」

「名前は……太《た》一《いち》郎《ろう》さん」

「どうしておじいちゃんの名前を！」

冬弥は笑った。

「今、太一郎さんと話をしたから」

心愛の頬がぴくりと引きつる。

「太一郎さん、とても心愛さんのことを気にかけてる。僕に、孫を救ってやってください と頭を下げて」

心愛は再び潤《うる》んだ瞳をハンカチで拭った。

「とにかく、心愛さんに憑いているものには離れてもらおう」

途端、心愛は緊張した面持ちとなる。

「そんなに緊張しなくても大丈夫。それと、お金は取らないから安心して」

「お金取らないんですか？　どうして！」

『なに！　ただ働きをするのか！　お人好しすぎるぞ、冬弥！』

驚く心愛の声と、それまでおとなしく話を聞いていた孤月の素《す》っ頓狂《とんきょう》な声が重なった。

「これまで何人もの霊能師に高い相談料を払ってきたんでしょう？　そんな心愛さんからお金は取れないよ。同じ大学の縁ということで」

それに、前回の植村良子の件で、思っていた以上の依頼料が入ったから、これで釣り合うと考えればいい。

欲を出してはいけないのだ。

しかし、孤月は黙っていなかった。

『この娘、バイトしているのだろう？　バイト代が入ったら貰えばよいではないか！』

横で騒ぎ立てる孤月を制し、冬弥は数珠を指に絡めた。

「冬弥さんが女性に人気があるのがわかります。ほんとうに、優しいんですね」

『言っておくがおまえ！　冬弥を好きになっても無駄だぞ。おまえはまったく冬弥の趣味ではないんだからな』

孤月は腰に手を当て目の前でうなだれながら座る心愛を半眼で見下ろす。

おす。
冬弥は静かにというように、首を傾げさりげなく唇に人差し指を立てた。
そんな冬弥の仕草と微笑に、孤月はうっと声をつまらせソファにおとなしく座りな
『孤月』

おす。

「じゃあ、始めるね」
冬弥は手を合わせると目を閉じた。
そして、数分後。
目を開けると、食い入るようにこちらを見つめている心愛がいた。
「もう終わったんですか？　テレビで見るような派手なお祓いとかやらないんです
か？」
冬弥は笑った。だがすぐに真顔になり、首を横に振る。
こんなことを言ってはかえって彼女を怖がらせてしまうかもしれないが、正直に伝
えた方がいいだろう。
「手応えがなかったんだ」
案の定、心愛の顔に不安が広がっていく。
「心愛さんに取り憑いているものがなんなのか、まったく視えてこないんだ。だから、
祓えなかった」

もしかしたら今回の件は、思っている以上に厄介なのかもしれないと、冬弥は思い始める。根元となるものを突き止めたとき、そこからとんでもないものを呼び覚ましてしまうのではないかと。

「それでも、しばらくは心愛さんに悪影響が出ないよう僕のほうで抑《おさ》えておくから」

冬弥は電話番号が書かれた名刺を心愛に手渡す。

「もう少し僕なりに探ってみるけど、何かあったら、どんな些《さ》細《さい》なことでもいいから遠慮せずすぐに電話してきて」

「ありがとう」

渡された名刺を心愛は大切そうに胸に押し当て、何度も礼を言って今日のところはひとまず帰って行った。

すぐに孤月が難しい顔で寄ってきた。

「冬弥、あの娘、危ないかもしれないぞ」

冬弥はうなずく。

「彼女に取り憑いているものがこれ以上悪さしないよう、手は打つけど」

心愛を守護するおじいさんだけでは心許《こころもと》ないと思い、冬弥は自分の眷属《けんぞく》を一人送ることにした。

こういった霊的なことに関する協力を求めるため、冬弥には何体かの眷属がいる。

霊力の高い師匠ともなると、格式の高い四神を眷属に持っているらしいが。

さて、今回は誰に協力してもらおうかと視線を上げた先、部屋の隅に一人の修験者《しゅげんじゃ》が立っているのが目に映った。

「佐波《さなみ》さんが行ってくれるのですか？」

冬弥の問いに、佐波と呼ばれた修験者は無言でうなずく。

彼は元々、孤月の眷属《けんぞく》であった。

その昔、雪山で修行をしていたのだが、運悪く滑落《かつらく》して命を落とし、この世にさまよっていたところを孤月に拾われたのだ。

孤月は佐波のことを情けない奴だと言うが、修行を積んできたというだけあって格の高い眷属だ。

彼が協力してくれるのなら、これほど心強いものはない。

「では、お願いします。しばらくの間、心愛さんの側にいて彼女を守ってあげてください。何かあったら僕に知らせて」

「いいか佐波、しっかり冬弥の役に立ってくるのだぞ！」

修験者はもう一度うなずくと、その場から消えた。

冬弥は思い出したように顔を上げた。

「G県……」

ノートパソコンの電源を入れ、呪いの廃神社のことを調べ始める。

以前ニュースで見た、車が転落した事故現場も、その神社からさほど離れていない場所にあった。

呪いの廃神社と事故現場。

何か繫《つな》がりがあるのだろうか。


それから四日後、心愛から電話があった。

「心愛です」

重たげな声が電話の向こうから聞こえる。

心愛は不安そうな声で続けた。

「最近、気配を感じるんです。気配というのは、誰もいないのに誰かに見られているような。この間は家の窓ガラスに女の人のような影が見えました。夜寝ていても金縛《かなしば》りにあうし。あたし、今まで金縛りにあったことなんて一度もなかったのに、身体がまったく動かなくて、でも目は開いていて意識はあるんです」

心霊的なものに疎《うと》い心愛にまではっきりとわかる現象があらわれたということは、霊障が深く進んでいることを意味する。

「ごめん。僕の力が足りないばかりに」

あの日心愛が帰った後、呪いの廃神社を冬弥なりに調べ、霊視を使っていろいろ探ってみたが、いまだ解決策を見つけることができないでいた。

「あたし、どうなってしまうんでしょうか……」

「もし予定がなければ今日、えっと、今から会える？」

「いいんですか？　あたしは大丈夫です。ぜひ、お願いします！」

「じゃあ……」

冬弥は時計を見る。

「五時に、駅前のカフェでいい？」

「五時ですね」

冬弥は心愛と駅前のカフェで待ち合わせをすることにした。

目を閉じると、心愛の元に送った眷属、佐波が申し訳なさそうに頭を垂れている姿が視えた。役に立てなかったことを詫《わ》びる彼に、冬弥はいいんだ、というように緩く首を振る。

「うむ。あの佐波ですら手に負えないとはな」

孤月は困ったと腕を組んで眉根を寄せる。

「とはいえ、佐波も修行中に崖から足を滑らせて命を落としたうっかり者だからな。つめが甘かったのだろう」

「佐波さんはよくやってくれたよ」

どのみち、そろそろ自分自身が動かなければならないと思っていたところだから丁度いい。

そして、約束した時間、指定したカフェに向かうとすでに心愛は到着していた。

冬弥の姿を見た心愛は手を振りながら立ち上がる。

冬弥は息を呑んだ。

心愛を不安にさせないよう表情には出さなかったが、以前会ったときよりも黒い靄が大きく濃くなっていた。

心愛を守っていたおじいさんの力が弱まりつつあるのだ。

席についたと同時にウェイトレスが注文を伺いにきた。

冬弥はコーヒーを頼み、ウェイトレスが席を離れたことを確認してからさっそく本題に入る。

「電話で話をしたとおりなんです。最近、誰もいないのに人の気配を感じたり」

守りの力が完全に断ち切られたら、心愛にも禍《わざわい》が降りかかってくるに違いない。最悪の状況は心愛だけに限らず、肝試しに行った他の仲間にも変化が起こりつつあるはず。

「それに、恭子の様子が最近おかしいんです」

「まだ入院してるの？」

「一度は退院する話もあったようなんだけど、やっぱり言動がおかしくて延びてしまったみたい。突然、病院で暴れたり、そうかと思ったら一言も口を利かず、食事もとらず、周りの人たちを困らせたり」

冬弥は考え込むように腕を組んだ。

「彼女と会わせてくれるかな？　恭子さんの病院に連れて行って欲しい」

冬弥がそんなことを言い出すとは思いもよらなかったらしく、心愛は驚いたように目を見開いた。が、すぐに首を横に振る。

「たぶん、行っても無理だと思うんです。何度か病院に行ってみたけど、精神的にまだ安定していないからと面会は断られました」

「ならもう一人、亮一くんはどうだろう」

「亮一くんなら家にいるはずだから大丈夫だと思うけど……ほんとうに亮一くんに会ってくれるの？」

冬弥はうなずいた。

高志は意識不明の重体。

恭子も精神的におかしくなり始めている。

となると、亮一の身も心配だ。

心愛は頭を下げた。

「お願いします。亮一くんの様子を見てあげてください」

とにかく急いだほうがいいと思い、運ばれたコーヒーを飲むのもそこそこにカフェを出て、亮一の家に向かった。

亮一の家は大学がある駅から電車に乗って三十分。

隣のC県に住んでいる。

最寄りの駅で下りて歩くこと十分。閑静な住宅街が立ち並ぶ一角に彼の自宅があった。

「亮一くん、稜ヶ院さんの噂のことも知ってるからきっとびっくりすると思うの。でも、まさかその霊能師が冬弥さん本人だとは思っていないかもしれないけど」

そう言って、心愛は玄関のチャイムを押す。

すぐに母親が現れた。

「あたし、亮一くんの大学の友人で狭山心愛といいます。亮一くんはいますか？」

心愛の問いかけに、母親は視線を泳がせ少し戸惑《とまど》った表情を浮かべる。

「最近、学校に来ていないようなので、心配になって様子を見に来たんです」

「……わざわざありがとうございます。おりますが、あの子、何日も前から部屋に引きこもって出てこないんです。学校にも行かず、いったい何をしているのか」

冬弥と心愛は顔を見合わせた。

「亮一くんに会えますか？」

「ええ……もちろん。どうぞ」

心愛と冬弥に家に上がるよう促し、亮一の部屋に案内してくれた母親は、扉をノックし遠慮がちに声をかける。

「亮一、お友達が心配して来てくれたわよ」

ややあって、薄く開かれた扉から亮一が顔を覗かせた。

やせ細った顔に、どこか虚ろな目。

「心愛か」

亮一はちらりと心愛の隣に立つ冬弥を見る。

この男は誰だ？　という顔だ。

「亮一くんも知ってるでしょう？　稜ヶ院さん」

稜ヶ院と聞き、しだいに亮一の目が大きく見開かれた。

虚ろだったその目に、徐々に生気がよみがえる。

「まじか？　あの稜ヶ院か？」

心愛はうん、とうなずいた。

「は、入ってくれ！」

亮一はすぐに二人を部屋に招き入れた。

足を踏み入れた瞬間、冬弥は身体がぐらりと揺らぐ感覚を覚えた。

淀《よど》んだ空気が部屋中に漂っている。吐き気をもよおすような腐臭《ふしゅう》も。まるで腐った魚のような不快な臭い。

この臭いが霊的なものからきていることは間違いない。そして、心愛と同じように亮一の背後にも、黒い靄が見えた。

その靄は心愛のそれよりもいっそう濃く、蠢くように膨れたり縮んだりを繰り返し、膨れるたび、そこから無数の人や動物の顔が浮かびあがり、言葉にならない呻き声を上げている。

成仏しきれなかった霊たちだ。

冬弥はポケットに手を入れ、そこに忍ばせている数珠に触れる。

彼もまた心愛と同じく呪いの廃神社に行ったことにより、不浄化の霊に憑かれてしまったのだ。

「まさか、あの噂の霊能師が心愛の知り合いだったとは驚いたよ」

「知り合いというか、今回のことを思い切って相談してみたら、亮一くんのことを心配して様子を見にきてくれたの」

すがるような目を向ける亮一に、冬弥はうなずく。

「話は狭山さんから聞いたよ」

「なあ、やっぱり俺、呪われてるのか？　あんたにはみえるんだろ？　俺に何かが取り憑いているのがわかるんだろ？」

取り乱す亮一の肩に冬弥は手をかけた。

「大丈夫。安心して」

「俺、呪い殺されるのか？　このまま死んじゃうのか？　頼む。助けてくれ……」

亮一は頭を抱え込むようにしてその場にうずくまる。

精神的にかなり参っているようだ。

一刻も早く亮一に取り憑く霊を引き剥がさなければ、彼の命に関わる恐れがある。

悪霊となりつつあるそれに、人の言葉を理解させるのは難しい。

気の毒だが浄霊は無理だ。

冬弥は数珠を取り出し、除霊を試みようとしたその時。

「そうはさせるか」

床でうずくまっていた亮一の口から、彼のものとは思えない、低くしわがれた声がもれた。

「亮一くん？」

訝《いぶか》しんで亮一の様子をうかがおうとする心愛を、冬弥は手で制して彼女の身を守るよう前に出る。

肩を震わせ、くつくつと笑っていた亮一が、ゆっくりと顔を持ち上げた。

冬弥は息を呑み、身がまえる。

さらに孤月も警戒態勢をとる。

亮一の顔つきが変わった。憑依《ひょうい》されてしまったのだ。

「ああ……あ、う……」

焦点の定まらない目つきは虚空をさまよい、半開きになった唇の端からはだらりと涎《よ》が垂れ落ちる。発する言葉も意味を持たない。

四つん這《ば》いになった亮一は、獣のような仕草で床を手で掻《か》き、呻き声を発しながら冬弥を見上げる。

「心愛さん、部屋から出て」

緊張した声で、冬弥は背後にいる心愛にこの場から離れるよう言う。

「でも」

「早く！」

命じられた通り、心愛が部屋から出ようと足を引いた瞬間、亮一が飛びかかってきた。

「消えろ！」

咄嗟《とっさ》に数珠を持った手を横に一閃《いっせん》させる。

頭を抱えながら亮一は天井を仰ぎ、獣のような咆哮《ほうこう》を上げた。

亮一の身体を取り囲んでいた黒い靄が、じわりと墨がにじむように虚空を黒く染め、今度は冬弥と側にいる心愛を飲み込もうと襲いかかってきた。

あれに捕らわれては、まずい……っ！

亮一に背を向け、冬弥は心愛の手を掴み部屋から飛び出す。

階段の下で心配そうに二階を見上げていた母親が、おろおろしながら立っていた。

「あの……あの子が何か？」

「すみません。お邪魔しました」

そう言って、冬弥は逃げるように亮一の家を出た。

「冬弥さん！　どうしたの？　急に走り出して」

しばらく走ったところで冬弥はようやく足を止める。心愛は軽く息をはずませていた。

「ごめん。亮一くんに憑いているものがあまりにも凄まじくて、僕の力ではどうにもできなかった」

亮一の身体を取り巻いていた黒い靄を、消すことができなかったのだ。

「冬弥さんでも？」

冬弥は腕を組み、真剣な表情で心愛を見る。

これはきちんと筋道を踏んで挑まないと大変なことになる。彼女たちに取り憑いたものをただ祓うだけではだめだ。

やはり、実際に呪いの廃神社に行ってみるしかない。

それも早いうちに。

「明日、呪いの廃神社に行ってみようと思う。それに、あの場所で迷子になっている高志くんの魂も探して連れ戻したい」

心愛はぐっと手を握りしめた。

「あたしも行きます」

「いや、心愛さんは来ない方がいい」

「ううん！　道案内もできるから連れて行って」

「大丈夫だよ。場所はちゃんと調べてあるから」

それでも心愛は頑《かたく》なに首を振る。

「お願いします！　あたしも連れて行って！」

冬弥一人であの廃神社に行かせてしまうことを申し訳ないと思ったのと、仲間のことが気がかりだという気持ちがあったのだろう。

頭を下げる心愛の真剣さに、冬弥はうなずくしかなかった。

そうして二人は翌日、G県にある呪いの廃神社に行く約束をしてこの日は別れた。

「冬弥、本当に行くつもりか？」

心愛と別れてすぐに、孤月が厳しい声を放つ。

孤月はこれ以上この依頼に関わることに反対しているからだ。

「行くよ。それに、心愛さんの守りにつかせていた佐波さんの姿が視えないんだ」

「あやつの心配なら無用だ。どうせ、冬弥の役に立てなかったと、いじけてどこかに消えているだけだ。すぐに何食わぬ顔で戻ってくる」

「佐波さんなら大丈夫だって信じてるよ。心配なのは心愛さんだ。それとも、孤月が彼女の守りについていてくれるか？」

「断る。わたしが大切なのは冬弥だ。はっきりいってそれ以外の者などどうでもいい。なあ、冬弥、これは思っていた以上に危険な仕事だ。冬弥もわかっているはずだろう？」

「今回は最後までやり遂げるつもりだよ」

「何を言っている！　無理をすれば、最悪、命を落とすかもしれないのだぞ」

「それでも、僕はやる。何故だかはわからないけれど、どうしてもやらなければいけない気がするんだ」

第三章 ▼ 呪いの廃神社へ

この日は見事なまでの晴天で、遊びに出かけるには最高の日でしょう、と天気予報でも言っていた。けれど、冬弥たちが向かうのは晴天にはあまりにも不似合いな心霊スポットだ。

朝九時。

都内のとある駅前で心愛と待ち合わせをした。

早めに到着した冬弥は駅前のロータリーに車を停め、改札前で心愛が現れるのを待つ。そして、約束の時間五分前。

改札から吐き出される人の群れから心愛を見つけ、冬弥は手を振る。

「すみませーん、もしかして待たせてしまいましたか？」

「ううん、着いたばかり。こっち」

歩き出した冬弥の後を、心愛は首を傾げながら小走りでついてくる。

「あれ？　電車じゃないんですか？」

ロータリーに停めた黒いSUV車に歩み寄り、冬弥はロックを解除する。

「電車で行くよりも車のほうが楽だから。乗って」

「へえ、冬弥さん、車持ってたんだ？　ちょっと意外。なんか運転とかするイメージじゃないっていうか」

冬弥は笑った。それはいったいどういうイメージなのか。

「それでは、失礼しまーす」

と、心愛は助手席のドアを開けた。

『孤月、ごめんね。後ろに移ってもらっていいかな？』

心の中で呼びかける冬弥の声に、それまでそこに座っていた孤月が不服そうに唇を尖らせ、渋々といったていで後部座席に移動する。

「うわー、冬弥さんの運転する車に乗るなんてどきどきします。大学の女の子たちに見られたら絶対羨ましがられます」

そんなことを言いながら、心愛は緊張した面持ちでシートベルトを締め、冬弥は苦笑しながらエンジンをかける。

混雑具合にもよるが、G県なら日帰りで行ける距離だ。

「何もなければ二時間くらいで着くけど、今日は少し帰りが遅くなっても大丈夫？なるべく日付がかわらないうちに帰るつもりだし、家まできちんと送り届けるから」

「大丈夫です。明日はお休みだし、これといって他に用事もないから」

「じゃあ、行こうか」

混雑する都内を抜け、高速道路に乗り、途中パーキングエリアに寄って休憩をする。

いよいよG県に入り目的地近くのICを降りると、車は一般道をしばらく走り続けた。やがて、街の喧噪《けんそう》も遠ざかり、車窓から見える景色ものどかな雰囲気を通り越し、寂れたものへと変わっていく。

車は問題の峠にさしかかる。

時刻は十二時半。

峠に入り、右に左にといくつものカーブを曲がる。やがて、道幅も狭くなりカーブもいっそうきつくなってきた。

次第に心愛の口数も減ってしまう。

「例の廃神社へ向かう前に少し寄りたいところがあるんだけどいいかな」

「もちろんです。どこですか？」

「この辺りで転落事故があったでしょう？　その現場」

そもそもの始まりである、ニュースにもなった所。

その事故現場に到着すると、冬弥は道の端に車を寄せ停めた。

道路の脇にひっそりと花束が添えられている。

「ここで何をするんですか？」

「あの時の、事故で亡くなった夫婦がまだ崖の下にいるようだから話をしてみようと思うんだ」

若い夫婦と赤子をそのままにしていくには忍びない。

「話すって、幽霊と！」

素っ頓狂な声を上げる心愛に、冬弥はまあね、と言いながら車から降りる。つられて心愛も降りてきた。

「そういえば冬弥さん、亡くなったあたしのおじいちゃんと話をしたって言ってたもんね。本当に幽霊と会話ができるんだ」

恐る恐る心愛は崖下を覗き込む。

「あたしには何も見えないけど、やっぱりいるんですか？」

「うん、いるよ」

何でもないことのように答える冬弥に、心愛は顔を引きつらせた。

思っていた通り、車が落ちた場所に、亡くなった夫婦が立っていた。

事故を起こした時、夫婦に何が起こったのか霊視を試みる。その時の状況が、冬弥の脳裏に映像として流れ込んでいく。

二人が乗る車は神社を後にして峠を下っていく。そこへ、道路脇に佇む白い着物を着た女が車の前に現れた。

あれ？　この女性は。

どこかで見たような、どこでだ？　と思い出す間もなく次の映像が流れ、その女性を避《よ》けきれずに車が崖から落ちていく場面が過った。

冬弥は悲しそうな顔で首を振ると、持参したお線香に火をともした。そして、数珠を握り心の中で夫婦に語りかける。

『お二人とも、僕の声が聞こえますか』

すると、男の方が冬弥の声に気づき、顔を上げた。

『ああ、やっと気づいてくれる人が来た。恵、助かったぞ！　恵！』

泣いている妻の肩に手をかけ、男は冬弥を指さす。

『何度も僕たちはここにいると叫《さけ》んでも、誰も気づいてくれなかったんです。すみません、この通り事故を起こしてしまって』

男は腕を持ち上げ、原形をとどめていないスマホを見せてきた。

『人を呼んで来てもらえませんか。スマホも壊れて連絡ができない状態なんです。麓まで歩いて助けを呼ぼうと思ったのですが、足が動かなくて。お願いです！』

男は大破した車に足を挟まれ、そのせいで歩くことができないのだ。

早く彼らの魂を然《しか》るべき場所へ送り届けたい。

それが冬弥の願いであった。

冬弥は悲しそうな顔でいいえ、と首を振る。

『ごめんなさい。助けを呼ぶことはできないんです』

『何故ですか？　妻のお腹には子供がいて早く医者に診《み》せなければ』

女はお腹に手を当て泣きじゃくっている。こちらはまともに話せる状態ではないようだ。やはり、話をするなら男の方。

『どうか落ち着いて聞いてください。あなたたちはもう、亡くなっているんです』

『亡くなった？』

冬弥は自分が立っている場所を示す。

『あなたたちはカーブを曲がりきれず、ここから転落してしまったんです』

こんなことを伝えるのは酷だが、死んだことを受け入れてもらわなければ話が進まないから。

『そんな……』

茫然とした顔で、冬弥の立つ場所を見上げていた男は、すぐに苦笑いを浮かべ、ぽりぽりと頭を掻き始めた。

『そっか。僕たち死んだんだ。そっか……いやね、なんとなくそうじゃないかなって思ってはいたんだけど、やっぱりそうだったか』

『すみません』

冬弥は男に謝罪する。

『謝らないでください。むしろ、こうしてはっきり言ってくださる方がいて助かりました。そうじゃなきゃ、死んだかどうかさえ自覚できないままだったから』

『赤ちゃんは？　私たちの赤ちゃんはどこ！』

女は悲鳴のような声を上げ、夫にすがりつく。

『大丈夫ですよ。赤ちゃんはあなたの側にいますよ』

『私の？』

『はい。あなたの腰の辺りにしがみついています。見えるでしょう？　その子を抱っこしてあげてください。可愛い女の子ですよ』

『ああ……私の赤ちゃん』

女は腰にしがみついていた赤子を抱き上げ、柔らかな頬に自分の頬をすり寄せた。

『その子の名前は決まっていますか？』

女は泣いている赤子をあやすのに夢中だったため、代わりに男が答える。

『男の子だったら悠斗《ゆうと》。女の子だったら由羽《ゆう》と名付けようと思っていました』

『では、名前を呼んであげてください』

女は我が子を抱きしめ、由羽と優しい声で呼ぶ。

すると、泣いていた赤子がぴたりと泣き止み、母親を見つめながらにこりと笑った。

『由羽……ごめんね。産んであげることができなくて』

男は妻と子供を抱きしめた。

こうして、自分たちが死んでしまったことを素直に受け入れられる人は少ない。

突然の事故ならなおさらだ。

そのせいで、いくら説得しても理解することができず、上にあがれないままこの世をさまよい続ける霊たちもいる。

『えっと、僕たちこれからどうしたらいいんでしょう……何をすれば、どこに行けば？　いったん家に帰ったほうがいいのかな？　何しろ死ぬなんて初めてだから。いや、そんなのあたりまえか』

最初に話しかけた時よりも、だいぶ落ち着いているようだ。泣いていた女性も、腕の中の赤子をあやすように身体を揺らし微笑んでいる。

どうやら、子供の存在が二人を冷静にさせたようだ。

あとは、二人を成仏へと導くだけ。

『あちらに』

冬弥は数珠を持つ手をあげ東の方角を指さした。

冬弥が指し示した方向に、空から落ちる光の筋のようなものが見える。

『光が見えるでしょう？』

『ほんとうだ。とても暖かい光が見える』

『そちらに向かって行くといいでしょう』

『あの、急いで行ったほうがいいですか？』

『ゆっくりで大丈夫ですよ。道に迷うことはないですから。安心して、自分たちのペースで進んで行ってください』

よし、とうなずいた男は両手で自分の頬を叩《たた》いて活を入れる。

『あれ？　さっきまで足がまったく動かなかったはずなのに歩けるぞ。痛みもなくなった』

男は確かめるように何度もその場で足踏みをする。

死を受け入れ、天に昇っていくことを決めた瞬間に、彼らの幽体は事故を起こす前のよい状態へと戻ったのだ。

『ありがとうございます。こうして三人で一緒に行けるのならよかったです。休み休みのんびり向かいたいと思います』

男と、大事そうに胸に赤子を抱いた女は冬弥に深々とおじぎをする。

どうか、安らかに。

冬弥は目を閉じた。

彼らが穏やかに浄化の道へと進めるよう、心を込めて経を唱える。

——ありがとう——ました……。

吹く風に混じり、その声が耳をかすめたと同時に冬弥は目を開けた。

燃え尽きたお線香の煙が、緩やかに空へと立ちのぼっていく。

『見事な浄霊だったぞ、冬弥』

消えていく線香の煙を見つめ、孤月は満足そうにうなずいた。

「冬弥さん？」

「あ、ごめん。終わったよ」

「ずっと、ぼうっとしていたようですけど、大丈夫？」

霊と対話をしていたのだが、霊が視えない心愛からすれば、ただ冬弥がぼんやりと突っ立っているだけにしか見えないのだ。

「うん、大丈夫。話のわかる人たちでよかった」

「はあ……」

もう一度崖下を覗くと、三人の姿は消えていた。

冬弥が示した場所へ向かって旅立ったようだ。

よかった。

時間はかかるかもしれないが、ゆっくりと浄化の道を辿っていくだろう。

あとは、廃神社に行って心愛たちに取り憑くものの正体を探り出し、高志の魂を連れ帰ることだけに集中すればいい。

「付き合ってくれてありがとう。行こう」

車に戻った冬弥は、シートベルトを締めエンジンをかける。そして、再び車を走らせ、目的地である廃神社へ向かった。

事故現場からさらに少し峠を登った先に、呪いの廃神社はあった。

少し開けた場所に車を停める。

車から降りた冬弥につられ、心愛も恐る恐る外に出る。

禍々しい気配に思わず身震いをする。

側にいる孤月の表情も冬弥と同じく険しい。

壊れて崩れた鳥居の少し手前まで歩き、冬弥と心愛は立ち止まった。

手にした数珠を強く握りしめる。

まずいな。

邪気が予想以上に濃い。

無数の怨念、怨嗟、悲嘆の感情が渦《うず》を巻いている。

霊たちが団子のように寄り集まって膨れあがり、そして、負の感情をまき散らし、生きている者に悪影響を及ぼそうとしている。

無言で歩き出した冬弥の後を追いかけるように、心愛が怖々《こわごわ》とした足どりでついてくる。が、すぐにその足が止まってしまった。

振り返ると、心愛の顔はいまにも泣き出しそうであった。

一人で車に残されるのは不安だからあたしも一緒に行きます、と威勢よく言ってついてきたのだが、やはり怖くなってしまったようだ。

「そこにいて」

「でも」

「こっちには来ないで」

歩き出した冬弥の背中を見つめ、心愛ははい、とうなずく。

『孤月、心愛さんの守りについていてくれるか？』

『断る』

即答で孤月は嫌だと首を振る。だが、今回ばかりは冬弥も譲るわけにはいかない。

『頼む孤月。彼女を無防備な状態にさせられない』

『だが、わたしは冬弥の守護者だ』

しかし、無言で圧する冬弥の厳しい眼差《まなざ》しに、とうとう孤月は折れた。

『わかった。だが、もし冬弥の身に何かあった場合、わたしは冬弥のことを優先するからな。わたしにこの娘を守る義務はないのだから』

『ありがとう孤月。僕は大丈夫だから』

渋々ながらも孤月は、心愛の守りにつくため彼女の側に寄り添った。

孤月の守護がなくても、冬弥には己の身を守る霊能力がある。

だが、心愛は違う。

もう一度背後を振り返った冬弥は、心愛と孤月を安心させるように笑った。そして、再び前方に視線を戻すと、すぐに柔らかい笑みが消えた。

生い茂る草木を手で払いのけながら、冬弥はこの向こうにあるという本殿へ近づいていく。

一歩一歩、社に近づくたびに不穏な気配が身体中にねっとりとまとわりつく。

まるで泥沼を歩いているかのようで、足が思うように前に進んでくれない。

霊感がまったくない心愛でさえ嫌な気配に怯えていた。ならば、霊感が人一倍強い冬弥はなおさらである。

気を緩めれば、そこら中に浮遊する霊に取り憑かれ、彼らの棲《す》む死の世界に引きずり込まれてしまうだろう。

鼓膜が痛むような耳鳴りに、冬弥はこめかみに手を当て顔をしかめる。

早速、強い霊障が身体に現れ始めた。

霊の集合体の向こう、ひときわ強い、怨みの思念を放つ一人の女の姿を捕らえた。

おそらく、この現状を作り出した張本人であろう。

冬弥ははっとなる。

その女の顔に見覚えがあったからだ。

それは、浩一からの依頼を断った夜に夢で見た、白い着物を着た女の顔と同じであった。そして、さらに先ほど浄化させた夫婦の転落事故の様子を霊視したときも視た女。

『あなたは誰？　何故、ここへやってくる者たちを脅かし、あちらの世界に引きずり込もうとする』

　しかし、相手は答えない。

『これ以上彼女たちに危害を加えようとするなら、僕はあなたを排除しなければならない』

　こちらの問いかけが理解できないというわけではなく、応じるつもりがないということだ。その証拠に、こちらを小馬鹿にするかのように女が嗤《わら》った。

　冬弥は息を吐き出す。

　ならば仕方がない。

　長い数珠を両手の指に絡め、手を合わせる。

　静かにまぶたを伏せ、冬弥は悪霊を退けるため、経を唱え始めた。

　辺りの気配がざわめき出す。

　冬弥の経に怨霊たちが反応し、恐怖の叫び声を上げながら遠のいていく。

　意識の脆弱《ぜいじゃく》なものや下級霊たちにとっては、冬弥の唱える経は脅威でしかなく迂闊《うかつ》に近寄ることはできない。

それでも経を中断させようと向かってくるものは、冬弥の身体に触れる前に散らされ消滅していく。

無心に経を唱える冬弥のこめかみから、汗が一筋流れ落ちた。

その時であった。

不意に何者かに右手首を掴まれた感覚を覚え、驚いて冬弥は目を開けた。

思わず悲鳴を上げそうになる。

手首を掴んでいたのはあの女の霊だった。女が下から覗き込むような姿でこちらを見上げていた。

相手は実体のない霊なのに、締め付けてくる手首の痛みは本物。

「く……っ」

心を乱しかけ、慌てて否《いな》と首を振る。

気を緩めるな。

集中しろ。

手首を握る相手の指に、凄まじい力が込められた。

さらに、どこからともなく赤子の泣く声が聞こえてくる。

『どうしたのだ、冬弥！　何が起きた？』

『だめだ孤月！　心愛さんの側から離れるな！』

動き出そうとした孤月を諌めるよう、冬弥は心の中で厳しい声を放つ。

しかし、その一瞬の隙に油断が生じた。

相手に攻撃を許してしまったのだ。

手首から離れた女の指が、冬弥の数珠を掴む。

次の瞬間。

ぴしっ、と水晶が割れる音と同時に、珠を繋ぐ中通しの紐が切れ、すべての珠がはじけ飛ぶ。

しまった！

と、思った時にはすでに遅く、飛び散った珠が辺り一面に転がる。

いつの間にか周囲に濃い霧が立ちこめていた。その霧に混じり、腐った魚のような生臭い臭いが鼻をつく。

それは死者たちが放つ臭気。

不覚にも、身を守るための防御を解いてしまったため、〝それら〟が冬弥の元に群がってくる。

絡みついてくるものを断ち切るため、手刀を放つようにして虚空を切る。そして、きびすを返し急いで心愛たちの元に戻った。

「冬弥さ……」

心愛が何か言いかけるよりも早く、冬弥は無言で心愛の手を引き、足早に呪いの廃神社から離れようとする。

神社に背を向けた瞬間、背筋に悪寒が走った。

嫌な汗がこめかみを伝い頬へと流れていく。

だめだ。

僕には荷が重すぎる。僕の力では対処しきれない。

女の霊に握られた手首が熱く、じくじくとした痛みを放つ。

停めてある車に辿りつくと、急いで乗り込んだ。

助手席に座った心愛が、不安そうな目でこちらを見ている。

冬弥はエンジンをかけ、アクセルを一気に踏み込んで急発進させる。

「冬弥さん！」

『冬弥どうしたのだ？　落ち着け！　スピードを出し過ぎだ！』

耳元で孤月が叫ぶ。

視界を妨げるほどの濃い霧の中、冬弥が運転する車は、いよいよ先ほどの事故現場にさしかかる。

冬弥は大きく目を開いた。

カーブを曲がる瞬間、視たのだ。

濃い霧の中、フォグランプに照らされた人影。
白い着物を着た女。
間違いなくあの女。
「冬弥さん！」
『冬弥！』
孤月と心愛の叫ぶ声が耳を打つ。
濃い霧の中から深い崖が、黒いＳＵＶを飲み込もうとしていた。
もう駄目だ……と、死を覚悟したその時であった。

――何をやってる！　目を覚ませ、冬弥！

頭の中で響いたその怒鳴り声に、冬弥は反射的に大きくハンドルを切った。
タイヤが道路の端、擦《す》れ擦れを駆け抜けた。
直線部分にきたところでブレーキを踏む。
崖下に転落するのをかろうじて免れた。
大きく息を吐き、冬弥は座席に全身をあずけるようにしてもたれかかる。
助かった……。

耳元で自分の名を叫んだのは間違いなく師匠の声だった。

師匠の呼びかけがなければ、自分もあの夫婦のように危うく崖下に真っ逆さまに落ちるところだった。

冬弥はそっと左肩に手を当てた。

そこに、しがみつくようにして、孤月が抱きついていたからだ。

『冬弥ぁ』

孤月の小さな身体が震えている。さらに、視線を横に転じ助手席を見ると、同じく心愛も震えていた。

依頼者である心愛まで危険な目にさらすところであった。

心愛の身体を取り巻く黒い靄が、いっそう濃くなっているような気がした。

「ごめん……」

それしか言葉が出なかった。

冬弥は奥歯を噛み、握った手を震わせた。

これ以上は自分には何もできない。力が足りない。

だからといって、心愛や心愛の友人たちをこのままの状態で放り出すことは、もっとできない。

脳裏に師匠の姿が浮かんだ。

「大丈夫ですか？　冬弥さん」

正直、悔しいのと情けない気持ちが入り交じり複雑であったが、師匠の力を頼るしかないようだ。

冬弥は大きく息を吸って吐き出した。

「今から師匠のところに行く」

そう決意すると同時に、冬弥は体勢を立て直し、素早くナビの行き先を師匠の家に設定した。

「師匠？」

あまりにも唐突な冬弥の言葉に心愛は首を傾げる。

「師匠なら、間違いなく心愛さんに憑いたものを祓うことができる」

「冬弥さんのお師匠さんって？」

当然のごとく、師匠のことを心愛が尋ねてきた。

「昔、僕の実家でいろいろあって、その時初めて師匠と出会ったんだ。師匠には本当に助けられた。それから、僕は実家を出て師匠につき、この世界のことや霊能師としての資質を高めるためにいろいろ教わった」

「すごい人なんですか？」

「すごいよ。僕なんか足元にも及ばない」

師匠がいなければ今の自分はなかっただろう。

そのくらい師匠には感謝しているし、多分、頭が上がらない。

「いつも忙しくしている人だけど、困っている人を見過ごせない性格なんだ。そうじゃなきゃ、僕なんかの面倒を見てくれなかっただろうしね」

「お師匠様のことを語る冬弥さん、なんだか嬉しそう」

「嬉しそう？」

「お師匠様のことを信頼しているんだなって」

思わず冬弥は笑ってしまった。

「そうだね。すごく信頼してるし尊敬している。ただ……」

「ただ？」

それっきり口を閉ざしてしまった冬弥を訝しみながらも、心愛はそれ以上師匠のことを尋ねてくることはなかった。

やがて車は、都内の一等地に建つタワーマンションに辿り着く。

首を仰《の》け反らすようにしてマンションを見上げる心愛の顔は呆《ほう》けていた。

芸能人や高額所得者が住む高級マンションだ。

「冬弥さんのお師匠様って、こんな立派な所に住んでいるんですか？　っていうか……」

霊能師ってそんなに儲《もう》かるんですか、と心愛はもごもごと言葉を濁しながら口の中で呟く。

「師匠は霊能師以外にもいくつか仕事を持ってるから」

「いくつか？　え？　怪しい人じゃないですよね……？　それこそ、高額な壺や変な絵の描いてあるお札を売りつけようとか」

「怪しくはないよ。壺もお札も売りつけないから大丈夫。ただ」

「ただ？　ただ何ですか？　さっきも何か言いかけようとしてましたよね」

「うん、ただ性格に癖というか、難があるけど」

「ええ！　あたしこう見えてけっこう人見知りする方だし、そういう人苦手……って、ちょっと待ってください。エントランスがホテル並みに豪華で場違いすぎて入りづらいんですけど！　あそこの受付にいる人って、コンシェルジュとかいう人ですよね！

ねえ、冬弥さんってば！」

「ごめんっ！」

やにわに、冬弥はがっしりと心愛の肩を掴んだ。

「な、何ですか！　いきなり」

「一つだけ忠告しておく。とにかく気をつけて」

「あたし、そんなに危ない状態なんですか？」

「ある意味」

「ある意味って、どういうこと？」

「でも、心愛さんがしっかりしていれば大丈夫。惑わされず自分を見失わないで」

「霊にのっとられるなって意味？」

「とにかく、絶対に雰囲気に流されてはいけない。いいね？」

孤月は食い入るように心愛を見上げ、ふっと小馬鹿にしたように鼻で嗤った。

『冬弥が心配するようなことは間違ってもないと思うぞ。さすがのあの男もこんな小娘に手を出すとは思えん』

『うん、僕も師匠の常識を信じているつもりだよ。でも、来る者拒《こば》まずのところがあるからなあ、師匠は』

霊的なことに関しては、師匠の側にいればもっとも安全だが、違った意味で危険というわけである。

ますますわけがわからないという顔をする心愛を無視し、冬弥は師匠に電話をする。

忙しくしている人だ。

もしかしたら仕事中で電話に出られないかもしれない。

いや、自宅にいないことが多い人。そうしたらどうしよう。

ここへ来る前に連絡をいれておくべきだったかもしれない、とあれこれ考えていると、数回目のコールで師匠の声が聞こえ安堵する。

「なに？」

「遅くにすみません。冬弥です」

「ああ……」

と、気だるそうな声が返ってきた。

「あの……」

電話の向こうから、大げさなため息が聞こえてきた。

「だいたいのことはわかってる。そいつのことも引き受けてやってもいい」

依頼のことも、今日、問題の場所に行ったことも、そこで何があったのかも、師匠には何一つ話していないのに、まるで何もかも知っているとばかりの言い方であった。

そういうところが凄《すご》くもあり、冬弥にとって恐ろしくも感じられた。

つまり、いっさい隠し事はできないということだ。

「すみません……」

「ああ、お前も上がって来い。いろいろ話してえことがあんだろ？　忙しいが特別に聞いてやる」

「いえ……」

今師匠に会ったら、自分の非力さに落ち込んでしまいそうだ。いや、泣き言を言ってしまうのが怖かった。

　そんな姿は見せたくない。

「彼女のこと、よろしくお願いします」

　瞬間、心愛は、え？　という声を上げ冬弥を見る。

「冬弥さんも一緒に来てくれるんじゃないんですか？」

「ごめん。ちょっと僕は、わけがあって」

「えー！　わけってなんですか！」

　心愛は不安そうな声を上げる。

「ところでおまえ、前回の依頼の件、片付けたつもりでいるようだが、まだ終わってねえぞ」

「え？」

　はじかれたように冬弥は顔を上げた。

　前回の依頼といえば植村良子の件だ。

「根本を断ち切らなければ、終わりじゃねえってこと」

「根本を断ち切る……」

「まだわかんねえのか？　なら一つ助言。手紙を読み返せ。すべてはそこに繋がっている」

手紙？

電話を切った後、しばし考え込む冬弥であったが、隣で不安そうな顔をする心愛に気づき、彼女の背中を軽く押した。

「あの……ほんとうにお師匠様っていう人、大丈夫なんですか？」

冬弥は引きつった笑いを浮かべる。

「大丈夫だよ。根はとても優しい人だから。とにかく師匠の側にいればいっさい怖い思いはなくなるから安心して。ほら、行って」

「でも、さっき気をつけてって冬弥さん、言ったじゃないですか」

「いや、それは……確かに言ったけど。心愛さんがしっかりしていれば大丈夫だから。部屋は最上階の」

「さ、さ、最上階っ！」

素っ頓狂な声を上げる心愛の背中をもう一度押し、冬弥は早く行くよう促す。

「大丈夫。受付にはきっと師匠から話を通しているはずだと思うから」

ぎこちない仕草でエントランスに入り、コンシェルジュのいる受付に向かう心愛を見届け、冬弥はきびすを返す。

家に帰ると冬弥は倒れ込むようにソファに寝そべった。

今回の依頼は、完全に失敗に終わった。

自分の力ではどうすることもできず、結局、師匠を頼ってしまった。それに、数珠を失ってしまった衝撃も大きい。

霊能師にとっての数珠は特別だ。石を選んで作りあげ、その石に己の気を込め育てていくのだから。

もちろん、数珠は役目を終え切れてしまうこともある。だが、あの時は明らかにあの場に現れた女の霊によって断ち切られてしまった。

いや、もしかしたら数珠は、危ない状況に陥りかけた自分の身代わりになってくれたのかもしれない。

「少し休むよ。今後のことはそれから考える」

「今後だと？　心愛のことか？　あとはあの男に任せたのだからいいではないか」

「確かに心愛さんのことは師匠に任せたけれど、僕はこの件からまだ手を引くつもりはない」

「まだそんなことを言ってるのか！」

孤月は怒ったように声を荒らげた。

「それに、何かが引っかかるんだ。何か……少し頭を冷やしてから」

冬弥はどこか遠い目で虚空を見つめた。

そういえば、師匠が手紙を読み返せと言っていたことを思い出す。手紙といえば、先日G県から手紙を送ってきた依頼者がいた。

冬弥はソファから起き上がり、引き出しにしまったその手紙を取り出す。

「……っ！」

封筒に書かれた依頼者の名前を見て息を呑む。

一気に血の気が引いていく。

何故、すぐに気がつかなかったんだろう。

時計に視線を走らせた。

午後十一時。

電話をするには非常識な時間かもしれない。だが、どうしてもすぐに確かめたいという気持ちが強く、翌日まで待つことはできなかった。

冬弥はスマホに手を伸ばし電話をかける。

六回目のコールで、ようやく相手が電話に出た。

「植村です」

「こんな時間に突然お電話をして申し訳ございません」

手が震えた。

心臓の鼓動が速くなる。

焦る気持ちを抑えつけ、冬弥は尋ねたいことを素早く頭の中で整理する。

「今お話ししても大丈夫ですか？」

良子は不安そうな声ではい、と答えた。

いきなり冬弥から電話がかかってきたら、何か起こったのではないかと思ってしまうのも当然だ。

それに、良子の夫は心霊的なものに否定的であったから、もし冬弥との話を聞かれたら困るかもしれないと思ったはず。

「あの……またよくないことが？」

「いえ、違うんです。いくつかお聞きしたいことがあって、幸恵さんのことです」

「幸恵、さん？」

良子の声に冷えたものを感じた。

自分の家族を苦しめてきた彼女のことは、もう思い出したくないという口ぶりであった。

「幸恵さんの旧姓は確か〝ゆのき〟とおっしゃってましたよね？　〝ゆのき〟とはどういう字を書きますか？」

「柚の木ですね。最初はゆずきと読むのかと思ったのですが、ゆのきと読むらしく、珍しい読み方をする名字だなと思いました」

「幸恵さんの実家はとある田舎の名家だと……場所はどちらかご存じですか？」

「そういえば、G県出身だと言っていたような気がします。詳しい地名までは」

背筋がすっと冷たくなっていくのを感じた。

もしかしたら、良子を脅かした幸恵と、手紙の依頼主である柚木浩一は、家族か親戚か、何かしら近い関係なのかもしれない。

冬弥は礼を言い、電話を切った。

右手に手紙、左手にはスマホを握ったまま、冬弥は虚空を見つめ、もう一度頭の中を整理する。

G県。

呪いの廃神社。

手紙で依頼してきた柚木浩一。

そして、植村良子に取り憑いていた幸恵の旧姓は柚木。

もしこれらが結びついているとすれば、師匠が言っていた前回の依頼の件がまだ終わっていない、すべては繋がっていると言っていたことも納得ができる。

冬弥はもう一度手紙に視線を落とした。

「この依頼、受けてみようと思う」

「なに！」

「師匠が言った通り、関係ないように見えて、実は根っこの部分は繋がっているのかもしれない」

「何を言っている！　やめておけ。これは冬弥には手に負えない依頼だ！」

はっきりと孤月に言われてしまい冬弥は苦笑する。

「そうかもしれない。一歩間違えば、それこそ僕は命を落とすことになるかもしれない」

「それをわかっていながら引き受けるなど、どうかしている。冬弥らしくないぞ」

「そうだね。僕らしくないね。だけど、ここで手を引いてしまうには、僕はこの一連の出来事に深く関わりすぎてしまったのかもしれない」

「どういう意味だ？」

冬弥は右の袖をまくり、孤月の前に手首を差し出して見せた。

「これはっ！」

孤月は目を見開いた。

呪いの廃神社で、白い着物を着た女の霊に握られた手首が、指の形そのままにどす黒く変色していた。

障《さわ》りが身体に現れてしまったのだ。

「痛むのか？　大丈夫か？」

泣きそうな顔をする孤月を安心させるように、冬弥は笑ってみせた。

「痛みは今のところないから大丈夫。でも、人には見せられないなあ。気持ち悪がられるね」

「そんなことを言っている場合か！　どうしてあいつのマンションに行ったときに視てもらわなかったのだ！」

「もちろん師匠は気づいているよ。だからあの時、上がって来いって言ったんだ」

障りを受けた冬弥の身体の状態を、師匠が見抜けないはずがない。

おそらく、この件を解決しない限り、手首についた痣《あざ》のような痕は消えることはないだろう。

相手の念が深いほど、障りを解くのは難しい。解いても何かしらの後遺症が残ることもある。

「それに、どうしても気になることがあるんだ」

「気になることだと？」

「事故を起こしそうになったとき、カーブに立っていた女が僕に言ったんだ……」

あの時の言葉を冬弥は霊視で読み取っていた。いや、相手の思念が脳裏に流れ込んできた。

彼女はこう言った。

――助けて、と。

冬弥はすぐに依頼主である柚木浩一に返事を書く。

この依頼を引き受けたいと。

あれからずいぶんと時間が経っている。

他の霊能師に相談をしてすべて片付いている可能性も。だが、おそらくそれはないと確信していた。

手首の痣がその証拠だ。

それからすぐに柚木浩一から、今度は電話がかかってきた。

ぜひとも、よろしくお願いします、と。

もしかしたら依頼をこなすのに、しばらく時間がかかるかもしれないということを伝えると、ぜひ、屋敷に滞在してくださいと言ってくれた。

冬弥は三、四日程度の着替えをスーツケースにつめ、依頼主が住むG県久比里村に向かうことを決意する。

第四章 ▼ 憑かれた屋敷

依頼者である柚木家が住む久比里村は、数日前に訪れた呪いの廃神社から車で十五分ほど離れた、G県山間部にある小さな村である。

田畑が広がる一帯に、ところどころ昔ながらの古びた家が点在し、よく言えばのどかな、悪く言えば閑散とした村であった。

村の案内標識が出たところでいったん車を停め、依頼者の家はどこだろうかと窓越しに村全体を見渡すが、探すまでもなく、すぐにそれらしき屋敷を見つけ出すことができた。

村の東側、山の中腹にかまえる立派なお屋敷。漆喰《しっくい》塗りの白壁の塀《へい》。塀の向こうには、昔ながらの主屋の屋根瓦。

あの家が依頼者の住む柚木家であろう。

「大きな屋敷だな」

「この辺りを仕切る名家だっていうからね」

屋敷の広大さからして、この柚木家が村でどれほどの権力を持っているのか、想像に難《かた》くない。

冬弥は時計に視線を走らせる。

午後二時十五分。

二時半に伺うと約束をしている。

「行こう」

気を引き締め、冬弥は目指す屋敷へと再び車を走らせた。

途中、畑仕事をする村人たちとすれ違う。

彼らは一様に仕事の手を止め、通り過ぎて行く冬弥の車を疑わしい目つきで見送っていた。

通り過ぎた後も、じっ、とこちらを見つめているのがバックミラーに映る。

村人たちの視線はまるで、余所者がこの村にいったい何をしにやって来たのかというものであった。

遮《さえぎ》るものもない平坦な、田畑が続くこの土地で、明らかに村の者ではない冬弥の車は目立った。

彼らの反応に冬弥は苦笑を浮かべる。

こういう光景には慣れている。

何故なら、冬弥の実家がある村も似たようなものであったから。

向けられる村人たちの視線を受け流し、冬弥は目的地である屋敷へ辿り着く。

約束の時間、五分前に到着した冬弥は、門の前で車を停止させた。

表札を確認すると『柚木』と書かれている。

車から降りた冬弥は屋敷を見渡す。

全身が総毛立つとはこのことをいうのだろう。

背筋に走る悪寒と屋敷から漂う冷気に、思わず右手首をさすった。呪いの廃神社で受けた霊障が疼《うず》くような痛みを放つ。

玄関のチャイムを押すと、すぐに女性が応じてくれた。

「東京から来た稜ヶ院と申します」

「お待ちしておりました。すぐに門を開けますので、そのままお待ちください」

あらかじめ来客があることを聞かされていたらしく、対応がスムーズであった。

再び車に乗り込むと、門が開きお手伝いとおぼしき年配の女性が現れた。

「どうぞ、このままおすすみください」

言われた通り玄関先まで車で向かった。

主屋の他に離れ。土蔵。敷地内の庭木もよく手入れが行き届いて、素晴らしい景観だ。そして、とにかく広い。

「どうぞこちらへ」

車から降りると女性に案内され、いよいよ屋敷内に足を踏み入れる。

表玄関から式台《しきだい》に上がった瞬間、冬弥は躊躇《ちゅうちょ》してその場で足を止めてしまった。

こういった旧家にありがちの、屋敷に漂う陰鬱《いんうつ》とした雰囲気。気分が滅入りそうなほどの薄暗い空気は、単純に家が古いからという理由だけではなさそうだ。

まだ霊視をしていないにもかかわらず〝視えないもの〟たちの、様々な念が屋敷全体に蠢いているようであった。

式台を踏んだまま、硬直してしまった冬弥を、女性は訝しみながら振り返る。

「いかがされましたか？」

「あ、いえ……」

冬弥は慌てて女性の後に続いた。

身体中にまとわりつく重い空気は、廃神社に行った時と同じくらい最悪のものであった。

心のどこかで、この屋敷に関わるな、おまえには無理だ、引き返せ、としきりに警告を発している。

視ていないのにこれだけ感じるということは、この屋敷にはいったい何が存在するのか、想像するだけで恐ろしい気がした。

『すさまじいな』

側にいた孤月も屋敷内に漂う邪気を孕《はら》んだ気配を察知し、怯えた声を発して冬弥の腕にしがみついてくる。

気を緩めた瞬間、邪念の渦に飲み込まれてしまいそうなほどだ。

さらに、屋敷の奥に入ると瘴気《しょうき》がいっそう濃く感じられ息苦しい。

身体中にばしばしと何かが弾《はじ》けていく。

例えるなら静電気のような現象。

突如、屋敷に現れた冬弥という異物に、あからさまに敵意を放つ視えない何かが攻撃してきているのだ。

ポケットに忍ばせていた数珠を取り出し強く握りしめる。

「師匠……」

新しい数珠を用意するのが間に合わずどうしようと思っていたところへ、今朝、師匠に頼まれてやって来たという者が紙袋を手に冬弥のマンションを訪れた。

紙袋の中には師匠が使っていた、二輪百八念珠《ふたわひゃくはちねんじゅ》が入っていた。

少しだけ気持ちが落ち着いてきた。

それだけではない。

そこらを浮遊する雑多な霊が、数珠を取り出した途端、冬弥を避けるように逃げていく。

師匠の数珠に込められた気に、霊たちは恐れをなし逃げ出してしまったのだ。さすが師匠が使い込んだ数珠だけあって、漂う浮遊霊など恐れるに足りない。

浅く息を吐きながら、長く続く板間の廊下を歩いて行く。

さわさわと木々が風に揺れる音と、流れる水のせせらぎが聞こえてくる。

左手には趣のある回遊式庭園が広がっているが、残念ながら眺める余裕はなかった。

冬弥はふと、気になる部屋を感じ、そちらの方に首を傾けた。

右手、障子《しょうじ》で閉じられた部屋。

ぴたりと閉めきっていたため中を確かめることはできなかったが、そこからただならぬ気配を感じた。

その部屋を通り過ぎ、一つ隣の次の間で女性は立ち止まった。

「こちらのお部屋でお待ちください。すぐに若旦那様が参ります」

冬弥は案内された部屋に入る。

屋敷の南側に面する客間。

目映《まばゆ》いほどの太陽の光が降りそそいでいるにもかかわらず、部屋の中は薄暗かった。

もちろん、この薄暗さは普通の人の感覚では察することのできないもの。

冬弥は中央に置かれた座卓の前に正座をする。

それにしても、先ほどのお手伝いの女性もそうだが、こんなに息苦しい空間にいても顔色一つ変えないのが不思議だ。

もっとも、霊感を持たない者からすれば、特別どうといったことではないのかもしれないし、感じない方が本当は普通だ。

それでも、長い間この場所にいれば、いずれ身体や精神にも異常をきたすであろう。

と、そんなことを考えていると、先ほどの女性がお茶を載せた盆を手に現れた。冬弥の前にお茶とお茶請けを置くと、もう少しお待ちください、と言って一礼して去って行く。

喉が渇いていたため、お茶に手を伸ばし一口飲む。ちょうどいい熱さの茶が喉を過ぎ胃に染み渡ると、肩の力を抜く。

少し緊張していたようだ。

そこへ、障子が開き、冬弥はそちらへと視線を移す。

そこに立っていたのは、冬弥と同じ背丈ほどの、すらりとした痩せ型の男であった。

「はじめまして。柚木浩一です。お待たせしてしまいました」

確か手紙では三十九歳と書かれていたが、生気のない顔のせいで、実際の年齢よりも老けて見えた。

「稜ヶ院冬弥です」

「このような遠いところまでわざわざご足労いただき、本当にありがとうございます」

浩一は深々と頭を下げ、冬弥の向かいに腰を下ろす。

「古い家で驚かれましたでしょう。それに、東京とは違い何もないところで、まあ、環境がいいというのが取り柄の村です」

浩一は柔らかく微笑んだ。

次期当主というからもっと気難しそうな人を想像したが、思いの外気さくそうな雰囲気で安堵する。

「いえ、僕の実家もこちらの村と似た雰囲気でのどかなところですから、むしろ懐かしさを覚えました」

「そうですか。稜ヶ院さんのご実家はどちらで？」

「G県です」

「北陸ですか。お祭りや合掌造り、温泉で有名なところですね。まだ訪れたことはないのですが、一度は旅行に行ってみたいものです。とくにお祭りは見てみたいですね」

「とても賑やかですよ。といっても、実は僕も数回しかお祭りを見たことがないのですが。でも、機会があればぜひ」

しばし、そんな他愛もない会話を交わしていたが、不意に話題が途切れてしまった。

冬弥は居住まいを正し本題に入る。

「お手紙、拝見いたしました。一度は依頼を断っておきながらすみません」

拒否した理由を尋ねられるだろうと思っていたが、ありがたいことに浩一はあくまで低姿勢で、それには触れなかった。

「そのことはお気になさらず。実はこちらも何人かの霊能師の方に依頼をしていたものので……」

浩一の口調は歯切れが悪い。

「それこそ、気になさらないでください」

依頼した霊能師たちはどうしたのか、と尋ねることはやめた。

浩一から最初に手紙をもらってから、ずいぶんと経つ。なのに、こうしてここに自分がいる。それがすべてだ。

「ありがとうございます。引き受けていただけて助かりました」

「お手紙には呪いかもしれないと書かれていましたが、詳しく聞かせていただけますか？」

「はい……それは、この家の先祖である当主がある呪術を自らにかけたのです」

何人もの霊能師に依頼をしたというからには、同じことを何度も説明したのだろう。

浩一はよどみなく語り始めた。

それは、自分の人生を幸せに過ごすことを条件に、子孫の人生を七代にわたって捧げるという約束を地霊との間に取り交わしたということであった。

さらに、浩一は続ける。

「その呪術のせいでしょうか。昔から柚木家の者が次々と不幸にみまわれたり、普通とは思えない亡くなり方をしています。健康が取り柄だった私の祖母も母も、突然倒れ、さらに娘も一年前に事故で……以来、妻は娘を失った悲しみで心を病み、いつ自分の身に災いが降りかかるかと毎日怯えながら暮らしています」

こうして霊能師の方に相談をしてみようと思ったのは、一人娘の死と、妻の身を案じてのこと。それこそ、藁《わら》にもすがる思いだったと、浩一は語った。

「お気の毒に……それで、お嬢様の事故というのは？」

「事故といっても、あれは本当に事故であったのか」

手紙にも書かれていた通り、浩一は娘の事故死に納得していないようであった。

「沼に……屋敷の裏手、山に少し入ったところに沼があるのですが、その沼で足を滑らせ落ちてしまったのです。妻が目を離した、ほんの少しの間のできごとでした。そのことで妻は自分を責め……そのあとは先ほど話した通りです」

「そうですか。辛いことを思い出させてしまい申し訳ございません」

いえ……と声を落とす浩一は、もうこの世にはいない娘のことを思い出したのか、目頭を指で押さえる。

最初は出された茶菓子にしか興味を示さなかった孤月も、次第に腕を組み神妙な顔つきで浩一の話に耳を傾けていた。

かける言葉が見当たらなかった。

大切な者を失った悲しみは当事者にしかわからない。

どんな慰めの言葉を並べても、娘を失った浩一の悲しみを拭うことはできない。

だがそれでも一つだけ、冬弥にできることがある。

それは、死者の思いを伝えること。

冬弥は視るためのスイッチを入れた。

ただし全開ではなく、例えるならテレビの音量を一つ一つ上げていくように少しずつ。そうしてコントロールをしないと、余計なものまで視えてしまう恐れがあるから。

「さつきちゃん、ですね」

「え？」

うつむいていた浩一が勢いよく顔を上げた。

「何故、娘の名を」

「今、お嬢様本人から名前を聞きました」

浩一は驚いたように口をぽかんと開けている。

状況が呑み込めていないようだ。

冬弥は続けた。

「さつきちゃん、浩一さんの側にいますよ」

「私の側に、ですか」

「はい。ちょうど浩一さんの右肩に寄り添うようにして立っています」

浩一は半信半疑といった様子で右側に視線を向け、自分の肩に手を添えた。

「肩までの髪に淡い水色のワンピースと白い靴。ノースリーブの夏服ということは亡くなったのは夏の暑い盛り。ああ、ピンク色のリボンのついた麦わら帽子をかぶっていますね」

浩一は大きく目を見開き、身を乗り出した。

「そうです。その通りです！　さつきが亡くなった時に着ていた服です。本当にさつきがここに、私の側にいるのですか！」

冬弥はうなずいた。

「さつきちゃん？　さつきちゃんがお父さんの側にいるってことを知らせるために何か合図をしてくれるかな」

冬弥はさつきに語りかける。

すると、浩一の右肩寄りの髪の毛先が風もないのにふわりと揺らいだ。

「い、今のは！」

「さつきちゃんの合図ですよ。側にいるよ、という」

「さつき！」

浩一は右肩に置いていた手を強く握りしめ、顔を歪めた。

「手にしているのは、真っ白なうさぎのぬいぐるみ」

そこで冬弥はふわりと目元を和ませ微笑んだ。

「お気に入りのぬいぐるみなんだね。そっか、誕生日にお父さんがプレゼントしてくれたんだ。かわいいうさぎさんだね」

「確かにうさぎのぬいぐるみも、私がさつきの誕生日にあげたもの」

家族の者しか知らないはずのことまで言い当てられ、冬弥が適当なことを言っているのではないと、信じてくれたようだ。

「やはり、娘は……さつきは先祖の呪いのせいで死んでしまったのでしょうか。だから今もこうして成仏できずにいる」

冬弥は静かに首を横に振った。

「さつきちゃんは本当に事故です。呪いとは関係ありません。前日に降った雨のせいで、地面が滑りやすくなっていたのでしょう。沼の縁で足を滑らせて。この世にとどまっているのは、泣いているお父さんとお母さんが心配で側から離れられないから。優しいお嬢様ですね」

浩一は手を肩に添えたまま、再びうつむいてしまった。

卓の上に涙の粒が落ちる。

「さつきは苦しんで亡くなったのでしょうか。そして、今も苦しがってはいないでしょうか」

その問いに冬弥は答えることができなかった。

沼に落ち、必死でもがいて助けを求めるさつきの姿が視えてしまったから。

「今は……とても穏やかな表情をしています。いかがいたしますか？　さつきちゃんを上にあげることは可能です」

「上に？　成仏ということですか？」

「はい」

「ぜひお願いします」

浩一は頭を下げた。

「では、浩一さんの手で、さつきちゃんを見送ってあげてください」

「あの、すみません。妻も一緒でよろしいですか？」

「もちろんです。その方がさつきちゃんも喜ぶでしょう」

「ですが、申し訳ございません。本来なら妻もこの場に同席するべきですが、何分、娘のことがあって以来体調を崩してしまい、今日も……」

「かまいません。無理をなさってはいけませんから。でも、奥様も娘さんのことを気がかりに思っているでしょうから、明日の夜でいかがでしょう？　明日の夜、ご両親の手でさつきちゃんを送り出すというのは」

「ありがとうございます。これで少しは妻の気鬱も晴れるでしょう」

よかった、と浩一は大きく息を吐いた。

「明日の夜、さつきちゃんのお部屋でろうそくに火を灯し、コップ一杯の水を添えてお経を上げてください。いつものお経でかまいません。心からさつきちゃんの成仏を願いながら」

自分が手を貸さずとも、両親が願えばさつきは上に行くことができるだろう。

「わ、わかりました」

「その時、突然ろうそくの火が消えますが、それは、さつきちゃんが上にあがった合図です」

「ありがとうございます。あの、さつきの部屋でいいのですか？　お仏壇の前ではなく？」

浩一の疑問に、冬弥は神妙な面持ちで首を縦に振る。

「今の状況ではお仏壇に障りがあるようですので」

冬弥は隣の部屋に視線を走らせた。

先ほど廊下を歩いている途中で気になった部屋。

視えるように意識を切り替えたため、はっきりとわかる。

あまりいいものが潜んでいるとはいえない。

「お隣の部屋はお仏壇があるお部屋ですね？」

「はい、そうです」

「そちらの部屋を拝見させていただいてもよろしいですか？」

「もちろんです」

何故、隣の部屋に仏壇があることがわかったのだろうか、と訝しむ顔をする浩一だが、特にその疑問を口にすることなく、冬弥をその部屋に案内するため立ち上がった。

冬弥も後に続く。

『冬弥、気を引き締めてかかったほうがいいぞ。胸騒ぎがする』

それを言うならこの屋敷に踏み込んだ時……いや、浩一から手紙を受け取った時点で感じていた。

それも、とてつもなく嫌な胸騒ぎを。

『わかってる』

心の中で孤月に答え、冬弥は手にした数珠を握り直す。

「どうぞ」

と、浩一が障子を開けた瞬間、冬弥は思わず悲鳴を上げてしまいそうになった。

部屋に足を踏み入れようとしたが、躊躇《ためら》いその場に固まってしまう。

巧いたとえが思い浮かばないが、古い病院の混雑した待合室にでも入った感じであった。

薄墨を垂らしたような灰色に染まる空気の中、無数の霊が部屋の中でひしめいていた。

肩をすぼめてうつむく者。呻き声をもらしながら身体を折り曲げる者。夢遊病者のように歩き回る者。動物もいる。

冬弥はざっと部屋を見渡す。

部屋には田舎ならではの大きく、きらびやかな装飾と金箔《きんぱく》が施されたお仏壇。しかし、亡くなったものを祀《まつ》るそれが残念ながら本来の役割を果たしていない。

そのお仏壇の横に、大きくて黒い塊が蠢いている。

冬弥は部屋の鴨居に掲げられた遺影を見上げた。

亡くなった柚木家歴代の当主たちか。

その誰もが、怒りと悲しみに顔を歪め、苦痛を訴えているように見えた。

さらに、部屋を斜めに横切るように走る一筋の黒い線。

『いったい、これだけの霊をどうやって片付けるのだ？』

『今、それを考えている』

難しい表情を浮かべる冬弥のことが気になったのか、不安そうな目で浩一がこちらを見ている。

「この仏間、やっぱり何かあるのでしょうか。実は毎朝、お経をあげるためにお仏壇の前に座るのですが、決まって頭が割れるように痛むのです。それに、なんだか落ち着かないというか、この部屋にいたくない、早く離れてしまいたいと思うようになって、そのせいで時折お経がおざなりになってしまうこともあります。部屋を出てしばらくすると、不思議なことに頭痛もぴたりとおさまるのですが……」

言葉を切った浩一は、冬弥の表情一つも見逃すまいというように、じっと見つめてくる。

「この部屋に……無数の霊がさまよっています。低級霊や下等な動物霊など柚木家とは無関係な、外からやってきたものもたくさん。そのせいでお仏壇に障りが生じ、ご先祖様が成仏しきれないでいます」

冬弥が視える人間だと気づいた柚木家の先祖たちが、先ほどから助けて欲しいと訴えかけてきている。

冬弥は部屋の中に足を踏み入れ、お仏壇に触れた。

するとそこから黒い瘴気が吹き出し、煙のように天井にのぼっていく。

穢《けが》れた仏壇ではご先祖様も、上に行きたくとも行くことができないと嘆くはずだ。すぐに彼らを成仏させてあげたいところだが、ある程度この部屋をきれいに片付けない限り難しいであろう。

「まさか、ご先祖様たちが成仏していないとは。それにしても、何故この部屋に霊が集まってきているのでしょう」

「そうですね」

部屋に入った瞬間から、冬弥の目に、いくつかの気になるものが飛び込んでいた。まずそのうちの一つ。

「そこに」

そこと言って、冬弥は仏壇の横で蠢く黒い塊を指さした。もちろん、浩一にはそれは視えないが。

「ご先祖様以外の霊の集合体が団子のように塊となっています」

さらに、次に気になったもの。

冬弥は北の方向を指さす。

「あちらの方角には何がありますか？　ええと、山の辺りです」

部屋を横切る黒い筋が延びている先だ。

「あれは久比里山で、その山の裾野に村の共同墓地があります」

なるほど、と冬弥は声を落とす。

浩一が言う墓地から、この仏間を一直線に横切る黒い筋は〝霊道〟。

いわゆる霊が通る道である。

冬弥はそのことを簡単に浩一に説明する。

「本来はこの道を通り過ぎていくはずの霊たちですが、中には浩一さんがあげるお経に引き寄せられ、この仏間にとどまってしまったものもいるのでしょう」

「まさか、お経をあげていたのがよくなかったとは……」

「お経というより、お経をあげる場所がよくなかったということですね」

霊道にもいくつか種類があり、無念の死を遂げ成仏できない不浄化の霊たちが通る道もある。それがまさに、この仏間を通り過ぎる道であった。

そういった霊は常に救いを求めているため、浩一のあげるお経にすがりついてきてしまったというわけである。

「関係ないものはとりあえずの処置として取り除きます」

「お願いいたします」

冬弥は両方の手の中指に数珠を掛け、手を合わせた。

数珠の端に垂れる梵天房《ぼんてんふさ》が静かに揺れる。

師匠の数珠だが、まるで最初から自分のものであったかのように不思議と違和感なく手に馴染んだ。

「柚木家とは関係のないものたちよ、ここはおまえたちのいる場所ではない。即刻この場から去れ」

これまでとは違う冬弥の厳しい口調に、部屋の空気がざわめきだす。

霊たちが嫌だ嫌だと言って反発しているのだ。

「ならば仕方がない。強引に退いてもらう」

問答無用の除霊だ。

強制的にここから出て行ってもらう。

すると、そうはさせまいと霊たちが冬弥に襲いかかる。

せっかく居心地のよい場所を見つけたのに、追い出されてはたまらないというように。そこへ、孤月が冬弥の前に立ちはだかった。

『冬弥、雑魚どもが手出しできないようわたしが押さえつけている。安心して除霊に集中するがいい』

孤月の頼もしい声を聞き、冬弥は経を唱え始めた。

その間、浩一は落ち着かない様子で食い入るように冬弥を見つめている。

そして、数分後、冬弥はゆっくりと顔を上げた。

「これで柚木家と関係のないものは、あらかたこの部屋から追い出し、霊道に流せるものは流しました」

「ありがとうございます」

深々と頭を下げる浩一に、冬弥は慌てて手を振る。

「あくまで応急処置のようなものです。完全に消えたわけではありません。それに、お仏壇の横の黒い塊もまだ残っています。すみません。そちらの方は時間がかかりそうなので、一つ一つ処理していきたいと思います」

「助けていただけるのでしたら、それはもう。あの……やはり、この屋敷に不幸が続くのも、先祖が施した呪術のせいでしょうか？　それでよくないものが寄りついてしまったということですか」

しかし、冬弥はいいえ、と首を振る。

そう、浩一を初めて見た瞬間、不可解に思ったことがある。

「七代にわたって子孫に呪いをかけたとおっしゃってましたが、現当主は何代目でしょう？」

「六代目となります」

冬弥は眉を上げた。

つまり、浩一が家督を継げば七代目となる。

しかし、こうして目の前の浩一を見る限り、彼はいたってクリアな状態だ。

つまり、先祖がかけたという呪術の気配は何ひとつ感じられなかった。

「柚木家にかけられた呪術はすでに解かれています。それもずいぶん昔に。おそらくご先祖様のどなたかが力のある霊能師を呼び解いたのではないでしょうか」

そういえば、と浩一は考え込むような仕草であごに手をあてた。

「曾祖父がそのようなことを言っていたと以前聞いたことはあるのですが……詳しい

ことは。後で確認してみます。でも、そうだとしたら、祖母や母が亡くなったのは？これまで亡くなった柚木家の者たちは……」

「すみません、今はまだ僕には掴みきれていません。これからそのことについて詳しく調べていきたいと思っています」

師匠だったら、きっと一瞬にして簡単に処理してしまうのだろうな、と、そんなことを考えながら冬弥はこっそりため息をつく。

力の足りない自分がもどかしく感じた。

「ありがとうございます」

一方、呪いは解かれていると聞いた浩一は安堵したのか、肩をなで下ろし、何度も頭を下げ冬弥に礼を述べる。

こうまで頭を下げられるとかえって恐縮してしまう。

「顔を上げてください。一刻も早く解決に導けるよう、精一杯努力させていただきます」

「どうぞよろしくお願いいたします」

浩一はふと外を見やる。いつの間にか陽も傾き始めていた。

「もうこんな時間ですね。着いて早々に無理を言ってしまい申し訳ございません。長旅でお疲れでしょう。お部屋は離れに用意させていただきました。ご自由に使ってくだっさてかまいません。必要なものがあれば何でもおっしゃってください。すぐにご用意いたします」

「ありがとうございます。もう少しこの部屋に残ってもかまいませんか？　あと、屋敷と庭を見て回りたいのですが」

「もちろんです。どの部屋もご自由に入っていただいてかまいません。屋敷の者たちにもそう伝えておきます。ああ、でも庭の裏手の向こうは山ですが、山には入らないようにしてください。実は最近、この辺りを熊がうろついていて、時には餌を求めて村に下りてくることもあるようなのです」

　冬弥は顔を引きつらせた。

　霊も怖いが熊も恐ろしい。

「わかりました。山には近づかないようにします」

　冬弥の実家も奥深い山の中にある。だから、熊の恐ろしさを知らないわけではない。

「それでは、夕食が出来次第、離れにお持ちいたします。今日はお疲れでしょう。ゆっくりとお部屋でお食事をとってください。明日の朝、家の者を紹介させていただきます」

　浩一は一礼をして仏間から去って行った。

　その背を見送っていた冬弥だが、ゆっくりとその場に腰を屈《かが》めた。

浩一が部屋を出る直前、彼の側に寄り添うように立っていたさつきがこちらを振り返り、とことこと冬弥の側に駈け寄ってきたからだ。

『お兄ちゃん』

『ん?』

身を屈めた冬弥の耳元に、さつきが小声で何かをささやく。

『うん、わかった。必ずちゃんと伝えるからね。約束する』

冬弥はにこりと笑ってうなずいた。

去り際、お母さんに伝えて欲しいことがあると言い、さつきが冬弥に伝言を残していったのだ。

ありがとう、お兄ちゃん——。

水色のワンピースの裾《すそ》をひるがえし、少女は父親の背中を追い駆けて行く。

「来て早々、依頼とは違う仕事をしてしまったな。まあその分、依頼料を割り増しすればよいか」

孤月が言うのはさつきのことだ。

「そうでもないよ。あのままここに止《とど》まっていたら、いずれこの屋敷にいる邪霊に取り込まれることになるだろうし、成仏できずに現世をさまよい続ければ、やがて自我を失い悪霊になることもある。そうなれば転生も叶《かな》わない。それじゃあかわいそうだろう？」

「相変わらず冬弥は優しいな。だが、それで力を消耗させて本来の仕事に支障をきたしては元も子もないだろう。いつも言っているが、その優しさにいつか足元をすくわれるぞ」

「わかってる」

「ほんとうにわかっているのか」

「うん……」

非業の死を遂げ、怨み辛《つら》みを残していった者。

この世に未練を残し成仏できない者。

己の意志でこの世に止まる者。

霊たちの抱える思いは生きている者とかわらずそれぞれに深い。

そんな彼らの思いをすべて聞き、叶えてあげようというのは無理な話ではある。

時には冷酷になって聞き分けのない霊たちを退けることも必要である。

除霊はときに命がけとなる。哀れみばかりを抱いては、この仕事はやっていけない。

それは師匠から何度も厳しく教えられてきた。

それでも、死者たちの遺《のこ》していった思いにできるだけ耳を傾けたいと思っている。

やっぱり自分は甘いのだと思う。

「気をつけるようにするよ。それと孤月、さっきは助けてくれてありがとう。孤月のおかげで危ない目にあわずにすんだ」

「な！　冬弥を助けるのはわたしの役目だ！　いちいち礼など必要ない」

「孤月が側にいてくれてとても心強いよ。ありがとう」

「だ、だから、礼など必要ないと何度も言わせるな！」

照れを隠すように孤月はふいっと顔を背けてしまった。

さて、と呟き冬弥は仏壇の前に正座をする。

ろうそくに火をつけ線香をあげる。

部屋に集まった雑多な霊の存在によって、お仏壇が穢れ成仏しきれなかった柚木家のご先祖様たちと話をするためだ。

「あなたたちをずっと苦しめていた悪いものは取り払いました。お仏壇もきれいになったでしょう？　これで、上へ行けますよ」

冬弥はご先祖様たちの魂が安らかに旅立てるようお経を唱える。

一人、また一人と、彼らは冬弥に会釈をすると、仏壇の奥に吸い込まれるように消えて行く。そして、お経もいよいよ終盤にかかった頃、突然、がたり、と音が鳴り、冬弥はびくりと肩を跳ねた。

「お、驚くではないか！」

咄嗟に孤月は冬弥にしがみつく。

音の原因は、鴨居にかけられていた遺影の一つが落ちてきたからだ。

冬弥は落ちた遺影を拾い、何者かの気配を感じて背後を振り返る。

すぐ後ろに一人の男が立っていた。

二十代後半くらいの若者。

まさに、冬弥が手にしている遺影と同じ顔の人物であった。

「どうしましたか？　何か言いたいことがあれば言ってください。できるだけあなたの希望に添うよう力をお貸ししますよ」

横で孤月が、またそんな優しいことを言って！　と文句を言いたげに睨みつけている。

『僕のせいです……』

ぽつりと声を落とすその男の言葉に、冬弥は首を傾げる。

『僕が〝さや〟を苦しめ殺してしまったから……だから、この屋敷は呪われた』

さや？

『さやは僕を、いえ、この柚木家を憎んで呪っている。どうか柚木家を……さやを……あげて……』

不意に男の言葉が途切れ、霊体がすうっと消えてしまった。

「なんだ？　成仏したのか？　吹けば散ってしまいそうな弱々しい霊体だったな」

いや、と冬弥は首を振る。

「あまりにも弱々しくて姿を保つことができなかっただけだ。上にはあがっていない。気配を感じるけど、姿を現すことも声を出すこともできない」

やっと話を聞いてもらえる人物が現れたことにより、男は悔やむ思いを伝えるため、最後の力を振り絞り冬弥の前に姿を現したのだ。

「霊体を保つエネルギーを使い果たしてしまうほどに、僕に何かを伝えたかった」

しかたがない、と言って冬弥はさっと手を振り上げた。

手にした数珠が音を立てる。

手を合わせ、さらに経を唱える。

すると天井から淡い光の筋が落ち、冬弥の身体を照らした。

上に行きたいという意志はあるのに自力で行けないのなら、上にあがれるよう手を貸すしか方法はない。

『この光が見えますか？　天上へと続く道を開きました。一度僕の身体に入って、僕の気を吸収してからこの光に沿ってあがってください。あなたの望みは必ず僕が叶えます』

心の中で先ほど現れた男に呼びかける。

冬弥は眉根を寄せた。

背筋がぞくりとするような感覚。

何者かが身体に入ったのが瞬時にわかった。

あとは、彼の気配が消えるまで経を唱え続ければいい。

自分の身体に霊体を憑依させ、その者を成仏させる。よほどの精神力と力がなければできることではない。

一歩間違えれば媒体となる己の身を危うくする危険な方法だ。

どのくらいの時間が経ったのだろうか。

おそらく三十分以上、この場に座ったまま、ひたすら経を唱えていたかもしれない。

――あり……が……う。

ふっと、どこからともなく先ほどの男の声が聞こえてきた。

肩の力を抜いた冬弥は大きく息を吐き出す。

「終わったよ。ちゃんと上に行ったのを見届けた」

「まったく、ほんとうに無茶をする！」

と、怒ったような声を発する孤月だが、すぐに心配そうに下から覗き込んできた。

「冬弥……」

「大丈夫……とはちょっといえないかな。でも、少し休めば回復する」

立て続けの霊視、除霊、浄霊、呼び寄せ。正直、精神的にも肉体的にも大きな疲労を感じた。

「依頼とは関係のない先祖の供養までするとは、まったく人がいいにもほどがある」

「ほんとうだね」

苦笑いを浮かべる冬弥の頬に、孤月はそっと手を伸ばした。

「あまり無理をするな」

「うん。ごめん」

と、声を落とし、冬弥は孤月の頭をなでながら、先ほどの男が言い残していった〝さや〟という女性の名を心の中で繰り返す。

さやの呪いとはいったいなんであろうか。

この柚木家を脅かしているのも、そのさやという人物なのか。

とにかく、調べることはたくさんありそうだ。

「孤月、行くよ」

冬弥は立ち上がった。

足元がふらついたが動けないほどではない。

「どこへ行くのだ？」

「他にもちょっと気になる場所があるから確認しておきたいんだ」

夕食まではまだ時間がある。完全に日が暮れてしまう前に外も見て回りたかった。

庭に出た冬弥は迷うことなく屋敷の裏手へと向かう。

そこから異質な波動を感じたからだ。すると、敷地内の片隅に小さな祠《ほこら》があるのを見つけた。

「やっぱり」

そこではたくさんの女や子供たち、浄化されていない霊たちが怨みを募らせ泣き叫んでいた。

祠はそれらの魂を鎮《しず》めるために建てられたものらしいが、きちんとその役目を果たしていない。

こんな小さな祠ではおさまらないほどに、霊たちの思いは強かった。

いったい、ここにいる霊たちに何があったのか。

冬弥は泣き叫ぶそれらの思念に意識を同調させる。

「そうか……」

と、呟き冬弥は悲しそうな表情を浮かべる。

そもそも、柚木家は最悪な立地条件の上にある、といっても過言ではなかった。

それは、北の久比里山の裾野にある墓地と、柚木家の裏庭にあるこの祠。さらに、祠から仏間に向かって、霊道が一直線に延びているのだ。

柚木家に怨みを抱き、いまだ成仏しきれない祠の霊はともかく、墓地に浮遊する柚木家とは無関係な霊までが霊道を通り、相乗効果として、浩一のあげるお経が霊たちを呼び寄せているのであった。

先祖の呪術云々《うんぬん》を抜きにしても、この柚木家は昔から不幸な出来事が多々あったに違いない。

それゆえ、呪術をかけた当主は、己が安泰に暮らすため、自らに術をかけた。子孫を犠牲にして。

冬弥は考え込むように腕を組む。

人為的に霊道を変えることは基本的にできない。

住んでいる者がこの土地から離れるのが一番いいのだが、それもなかなか難しいことであろう。

柚木家に怨みのある祠の霊は説得して浄化させる。

屋敷とは関係のない雑多な霊たちは多すぎるため、さすがに全部を上にあげるのは無理だ。

それらは屋敷から出て行ってもらい、さらに、これ以上この場所に近寄らせないようにすればいい。

そして霊道については……これは、浩一の協力が必要だ。

対処法が少しだけ見えてきた。

そうこうするうちに辺りが暗くなり始める。

「暗くなってきたし、今日はこのくらいにしておこう」

夕飯ができあがる頃だろうか。屋敷から美味しそうなにおいが漂ってきて空腹を覚え始める。

山間に埋もれた小さな村は盆地であるため、日が昇るのは遅く、落ちるのも早い。屋敷に戻り、当面の間、寝泊まりするために案内された離れの部屋で落ち着くことができた頃には、すでに辺りは薄闇色に包まれ、物寂しい雰囲気であった。

冬弥は手足を大きく伸ばし畳の上に寝そべった。初日からなかなかハードな作業をしてしまった。

両手を頭の下に組んで天井を見上げる。

冬弥のすぐ側にちょこんと孤月も腰を下ろした。

明日はまず朝一番で祠の対処をしてしまおう。それから、もう一度仏間に行き、先ほど処理しきれなかった霊の集合体である黒い塊を退ける。

それから……。

冬弥はため息をつく。

こんなにも深い因縁めいた依頼は初めてだった。複雑に絡まった糸を根気よく、それこそ地道に解いていくようなもの。

それに、さやという人物も突き止めなければ。

それについては明日、屋敷の者に聞いてみよう。さやがこの屋敷にどう関わっていたか知る人物がいるかもしれない。

冬弥は表情を翳《かげ》らせ、寝返りを打つ。右手首の痣を見つめた。

任せてください、などと頼もしいことを口にしてしまったが、自分一人で本当にやれるだろうか。

思い悩む冬弥の頭にふわりと柔らかい手が触れたような気がした。

見ると孤月が心配そうに見下ろしていた。

孤月の手であった。

「そんな顔をしなくても僕は大丈夫だよ。孤月、明日も手伝ってくれる？」

「もちろんだ」

自分には孤月という頼もしいパートナーが側にいる。そう思うだけで心強い。

やがて、夕食の膳が離れに運ばれた。

顔合わせは明日ということだったので、今日の夕飯は離れの部屋で一人のんびりとである。

「何もない田舎料理でお口にあうかわかりませんが」

お手伝いの女性は、恥ずかしそうに笑い、冬弥の前にお膳を置く。

「とても美味しそうです」

山菜ごはんにひじきの煮物、こんにゃくの田楽、ごぼうや人参、里芋が入った団子汁。こごみの白和えなど、お膳の上にはどれも美味しそうなご馳走が並んでいる。

「おかわりが必要でしたら遠慮なくおっしゃってください」

「ありがとうございます」

立ち上がり、女性は離れから立ち去って行った。

「さて、いただこうか。お腹がぺこぺこだ」

出された料理をぺろりときれいに平らげ、しばし休憩した後、お風呂をいただいた。

時計を見るとまだ夜の八時半。眠るには早すぎる時間だが特にすることもない。

疲れもあったということで、早々と床につくことにした。

明日は早起きをして本格的にこの屋敷のことを調べていこう。少しでも早くこの件を解決して依頼者を安心させたい。

「おやすみ孤月」

「ああ、よく休むのだ」

灯りを消し布団に潜り込む。

屋敷の者はみんなもう眠っているのだろう。

人の気配は感じられない。ただ、雨戸をかたかたと揺らす風のみ。まるで、村全体が息をひそめて寝静まっているかのようだ。

落ち着かない感じで暗い天井を見つめていた冬弥だが、それもおそらく数分のこと。次第にまぶたが重くなり、いつの間にか深い眠りの底に落ちていった。


――サッ、……サッ……。


と、畳をすりながら歩く足音に目を覚ました。

辺りはまだ暗い。

何時だろう。

時間を確かめるためスマホに手を伸ばそうとして止めた。

何者かがこの離れに潜む気配を感じたからだ。

冬弥はごくりと喉を鳴らし、常に枕元に置いてある数珠に手を伸ばす。

再び、誰かがすり足で歩く音。

その音が少しずつこちらへと近づいてくる。

視線だけを動かし暗い部屋を見渡すが、〝それ〟は冬弥から見えない位置にいるのか姿を確かめることはできなかった。

孤月は布団の端で身体を丸めるようにして眠っている。

――……サッ……サッ。


足音は冬弥の枕元で止まった。

誰だ？

頭のすぐ側、白い着物の裾が揺れているのが視界に入った。

その着物の裾から青白い素足が見える。

神社で視たあの女性か。

〝それ〟の放つ邪気が痛いくらい感じられる。

息をひそめるようにして立つ〝それ〟は明らかに冬弥に対し、敵意を持っているのが伝わった。おそらく、冬弥がこの屋敷に来たことに不都合を感じているのだ。

ぬっと〝それ〟が、首を前に突き出すようにして上からこちらを覗き込む。

長い黒髪がだらりと垂れ、その隙間からぎょろりとした眼が現れた。

両の口角を吊《つ》り上げ〝それ〟は、にいっと嗤った。

僕をこの屋敷から追い出そうとするつもりか。

そうはいかない。

来るなら来い！

心の中で強くそう言った瞬間、〝それ〟の気配が静かに消えた。

冬弥は深呼吸する。

追い返すことができたのか。しかし、安堵したのもつかの間。次の瞬間、冬弥は呻き声を上げた。

喉に信じられないほどの圧力がかかったからだ。

凄まじい力で首を絞められ呼吸もできない。

「く……っ」

薄く目を開けると、何者かが身体の上にのしかかっている。

先ほどの白い着物の女かどうかわからない。

何故なら、のしかかっている相手は明確な実体を現さず、身体に黒い靄をまとっていたからだ。

その靄のせいで顔を確かめることができない。

――殺してやる。

わたしの邪魔をするおまえも――。

殺意《む》を剝き出しにした負の思念によって、相手が女だということを知る。

このままでは危うい。

咄嗟に冬弥は心の中で経を唱え、握った数珠を相手の眼前、空《くう》を裂《さ》くよう斜めに払う。

ばちっと火花が散るような音が鳴る。

念とともに放たれた冬弥の数珠の攻撃から逃れようと、女は右手の甲を顔の前にかかげた。

耳をつんざく凄まじい女の悲鳴。

冬弥に向けられた女の邪念が、冬弥の数珠によって断ち切られ、そのまま自身に跳ね返ったのだ。

女の叫びに孤月も飛び起きる。

「冬弥！」

女の気配が一瞬にして飛散した。

再び静寂が訪れる。

ひたいから流れる汗を手の甲で拭う。

数珠を握っていた手のひらも、汗で濡れていた。

「大丈夫か、冬弥！」

「……大丈夫だ」

危うく殺されそうになったが。

冬弥は首元に手を当てた。

それにしても凄まじい殺意と、生々しい手の感触だった。

「相手はよほど僕がこの屋敷に来たことが気に入らないようだ。殺してしまいたいくらい僕に敵意を抱いている」

冬弥は枕元に置いたスマホを手に取り時間を確かめる。

午前三時。

さて、どうしたものか。

変な時間に目が覚めてしまった。いや、起こされてしまったというべきか。明日に備え、少しでも体力を回復させるために眠っておきたいところだが。

「今度はわたしがしっかりと見張っておいてやる。だから安心して休め」

「ありがとう」

冬弥はもう一度布団に潜り込んだ。

また先ほどの女が襲ってくるのではないかと不安を抱いたが、孤月が側にいるという安心感もあり、すぐに眠りについた。

昨夜はあんなことが起こったが、寝起きは清々《すがすが》しいとはいかないまでも、悪くはなかった。

孤月が何ものも近づけないよう、見張ってくれたおかげかもしれない。

障子の向こうから、柔らかい朝の陽射しが差し込んでくる。

布団から起き上がった冬弥は、両腕を上げ、うんと伸びをすると、思い出したようにその手を首元に持っていく。

それにしても昨夜のあれは何だったのだろうか。

何となく腑《ふ》に落ちないような。釈然としないものがあった。

「少しは眠れたか？」

枕元で腕を組んで座っている孤月を見やり、冬弥はうなずいた。

「孤月のおかげでぐっすりだ」

「それならよかった。体調はどうだ？」

「だいぶ元気になった。今、何時だろう？」

「七時だ」

「少し寝坊してしまったかな」

遠くから聞こえてくる包丁の音。

離れの部屋まで漂う朝食のにおい。お味噌《みそ》汁と……これは焼き魚の香りか。

急激にお腹が空いてきた。

顔を洗って身支度を調えようかと思ったその時、突然スマホが鳴り、びくりと肩を跳ねた。

急いでスマホを手に取ると、ディスプレイには狭山心愛の名前があった。

こんな朝早くからどうしたのだろう。

師匠の側にいれば霊的なものに関しては安全のはず。

だからそのことについて心配はしていない。が、違う意味での不安要素がまったくない、というわけでもないが。

それは、師匠が無類の女好きだからだ。

そんな師匠の元に、なかば強引に押しつけてしまって怒っているのか。

電話に出づらいなと思い、しばしスマホを眺めていたがコール音はいっこうに鳴りやまない。

仕方がない。

意を決し電話に出る。

「あー、やっと繋がった！」

電話の向こうで心愛の明るい声が響く。

どうやら何事もなく無事でいるようで、冬弥は安心する。

さらに、強引に師匠の元に行かせてしまったことも、声の雰囲気からして怒っている様子はなさそうだ。

「昨日から何度も電話をかけてたんですけど、全然繋がらなかったんですよ。電源切っていたんですか？　それとも圏外だったとか？」

「いや……」

電源は入れたままだ。

田舎ではあるが、この通り圏外ではない。

それでも通じなかったということは、おそらく何ものかの妨害が入っていたのであろう。こんなことはわりとよくあることだから珍しくもない。

電話もそうだし、送った、あるいは受信するはずのメールがどこかへ消えてしまうということもよくある。

「昨日から、冬弥さんに電話をかけても全然繋がらないって先生に言ったら、もう大丈夫、繋がるようになったはずだからかけてみろ、って言うので電話してみたんです。でも、よかった。別れ際、冬弥さん元気がなさそうだったから心配したんですよ」

「……ごめん。僕は平気だから」

今のところは、だが。

「それよりもいきなり師匠のところに行かせてごめん」

なんだか謝ってばかりだ。

「そうなんです！　そのことで冬弥さんとお話がしたくて。あたし、もうほんとうに驚いちゃって、今でも信じられないんです」

心愛の声が嬉しそうに弾む。

「冬弥さんが言っていた師匠って、あの緋鷹《ひだか》龍月《たつき》先生だったんですね！　それ、早く言ってくださいよ」

「あれ？　言わなかったっけ？」

「言ってません！　あたし先生のことを見て腰抜かしちゃったんですから！」

思えば、あの時は頭が混乱してしまい、きちんと説明もせず師匠のところに預けてしまったかもしれない。

「まさか、あの有名なホラー作家で、それに、モデルもやってて、テレビにも出ている超イケメン霊能師だったなんて……あたし、本とかほとんど読まないけど龍月先生のことは知っていましたよ！」

「はは……」

そう、冬弥の師匠はそういった華々しい経歴の持ち主で、いわゆる世間的にも名の知れた超有名人ということである。

そんな世界で活躍しているせいもあってか、一部霊能師の同業者からは堕落《だらく》した霊能師と陰口を叩かれているが、冬弥の知る限り霊能師としての師匠の仕事は有名人になる前も後も、テレビに出ようが出まいが少しもかかわらず真摯《しんし》で有能だ。

ちなみに作家業やモデル、テレビの出演料でとてつもなく稼いでいる師匠だが、霊的な仕事に関しては、依頼者から一切金銭は受け取っていない。

困っている人がいれば少しでも助けたい、というのが師匠の考えのようだ。

「あたし、先生のところに来てからずっと体調がよくて、今とっても心も身体も清々しい気分なんです」

それもそうだろう。

師匠の存在自体が、邪気から身を守るための結界の役目を果たすのだから。

悪いものを寄せつけず、それどころか退け、時には粉砕するほどの凄まじい力を放つ。まさに歩く神域。

「それから、大変だったねって頭をなでてくれたんですけど、頭をなでてくれただけで嫌なこととか、何もかもいっぺんにいろいろ吹き飛んで、思わず泣いちゃいました」

冬弥は静かにまぶたを伏せ、口元に静かな笑みを浮かべた。

頭をなでながら、心愛の憑き物を祓ってしまったのだろう。

電話越しでも心愛の状態がクリアになったのが視える。

相手の心に元気の種を植えつける。それも、師匠の能力の一つだ。

「とにかく、龍月先生を見ていると目の保養にもなるし、そうそう、あたしここでしばらく先生のお手伝いをすることに決めたんで、バイト代たくさんくれるって言うし、だから冬弥さんも頑張ってくださいね！」

まるで人ごとのようだなと冬弥は苦笑する。

まあ、それでも、心愛が元気を取り戻してくれたなら、よしとしよう。

「なんなのだ！　ちょっと前まであの娘、冬弥に色目を使っていたくせに！」

と、側で孤月が文句をたれている。

「冬弥さん」

「ん？」

「本当にありがとうございました」

「僕は何にもしていないよ」

礼を言われることなど何もしていない。

自分では心愛を救うことはできなかった。それどころか、むしろ彼女を危険な目にあわせてしまった。本当なら、こちらが謝らなければならないのに。

「ううん。冬弥さんはあたしの相談に親身になって乗ってくれた。真剣に聞いてくれた。優しくしてくれた。亮一くんのことを心配して家に行ってくれた。あの神社にわざわざ出向いてくれた。あたし、本当に嬉しかったんです。それに、今だってあたしのために頑張ってくれているじゃないですか」

「依頼を引き受けた以上は最後までやらないとね」

「いいえ、龍月先生は言ってました。自分たち霊能師は命に危険があるとわかったら、たとえ依頼の途中でも手を引くって。なのに、冬弥さんは……」

心愛の声が沈んでしまった。

「僕は大丈夫。それに、まだやれると判断したから」

冬弥は枕元にある数珠を引き寄せた。

そうでなければ、師匠がこの数珠を僕に託したりはしなかっただろう。

「できるところまで、頑張ってみるつもりだよ」

「冬弥さん……」

涙混じりの心愛の声に冬弥はどうしよう、と困惑する。

なんだかしんみりとしてしまった。

心愛を元気づけたいと思うのに、適切な言葉が思い浮かばない。

こんなとき、師匠なら何て言うだろう。

そこへ、電話の向こうからタイミングよく師匠の声が聞こえてきた。

「おーい、今日の晩飯、揚げ出し豆腐と豚汁が食いてえんだけど。具だくさんの豚汁な。あと、だし巻き卵も」

相変わらずわがままなことを言っているようだ。

ふと、冬弥は懐かしさを覚えた。

師匠の家に居候していた頃は、よくご飯を作ったことを思い出す。

師匠に美味《うま》い、と言ってもらうために、自慢の料理に腕をふるったものだ。とはいえ、依頼者である心愛をなんだと思っているのか。しかし心愛の反応は予想外であった。

「はい、わかりました！　揚げ出し豆腐も豚汁もだし巻き卵もあたし得意ですから！」

師匠の要望に、嫌がるどころか、心愛は嬉しそうに生き生きとした返事をする。

「心愛さんも頑張ってね。じゃあ」

と、言って冬弥は電話を切った。


柚木家の面々が居間に現れたのは九時を過ぎた頃だった。

初めて冬弥は柚木家の人々と対面する。

依頼者である柚木浩一。

浩一の妻、萌桜《きお》。

現柚木家当主である柚木流秋《りゅうしゅう》。

最後に、前当主、藤司《とうじ》。

この四人が柚木家の主立った顔ぶれである。

あぐらをかき座卓の前に座る流秋は、腕を組み気難しい表情を浮かべている。

その顔はさすが屋敷の現当主というだけあって貫禄があり、小柄な体格ながらも風格があった。

こういった霊的な話に否定的なのか、もしそうだとしたら話が進めづらくなると思ったが、案外そうでもなく、この屋敷にかけられたという呪術に深刻に悩んでいたらしい。

隠居した前当主である藤司は、齢《よわい》九十を過ぎていながらも、見る限り、まだまだしっかりとした人物のようであった。

そして浩一の妻、萌桜は、娘を亡くして以来、心を病んでいるせいか、病的なまでに痩せ細り、顔色も蒼白《そうはく》でずっとうつむいていた。

『ようやく勢揃《せいぞろ》いというわけだな。しかし野郎ばかりのむさ苦しい家族だな。華やかさがない。唯一の女の萌桜も、ずいぶんと負のオーラをまき散らしているではないか。そこらに浮遊する霊と存在があまり大差ないぞ。そう思わないか、冬弥』

『娘さんを亡くしたばかりなんだ。仕方がないよ』

眉間にしわを寄せていた流秋が、最初に口を開いた。

「息子、浩一から大まかな話は聞きました。柚木家にかけられた先祖の呪いはとうの昔に解かれていると」

「はい。呪術的なものはまったく感じられません」

浩一を除く全員が疑惑の目を冬弥に向ける。

何故そんなことが言い切れるのだという目だ。

「そうですか……ですが、昔から屋敷の人間は不可解な死に方をする者が多く、私の母も妻もそうでした。それは何故でしょう？」

浩一から見て祖母と母のことだ。

「調べてみないとわかりませんが、まず、不可解な死とは……そのお話を詳しく聞かせていただけないでしょうか」

流秋は思い出すように語り始めた。

「今から約五年前、私の母が普通とは思えない亡くなり方をしました。そう、いつものように仏壇の前で経をあげていた母の声が途切れたと思い様子を見に行くと、母は胸を押さえ亡くなっていました。本当に突然のことでした。原因は心不全。さらに、妻も三年前、庭仕事をしている最中、やはり、心不全で亡くなりました。またしても突然に、です。それまで元気に働いていた妻が、私の目の前でいきなり……」

確かに健康だった者が急に亡くなるというのも不可思議なことである。

それも、二人とも。

冬弥はふと思い出したように眉をぴくりと動かす。

同じようについ最近亡くなった者がもう一人いるではないか。

苦しそうに胸を押さえ、誰にも助けを求めることができず、一人リビングで倒れていった女性を。

それを裏付けるように浩一が言葉を継ぐ。

「実はもう一人、柚木家の人間がいます。いえ、いたといった方がよろしいでしょうか」

背筋がざわりとした。

「私の姉です。ずいぶん前に屋敷を飛び出し、S県で暮らしていたのですが……」

S県という言葉に冬弥は確信する。

やはり、間違いではなかった。

「つい先日亡くなりました。心不全だったようです」

「あの……もしかして、H市では？」

霊視という冬弥の能力を昨日、目の当たりにしていた浩一は眉を上げただけであったが、他の者は違った。

何故、そのことを知っているのか？　とでもいうように驚きの目で冬弥を見る。

「名前は幸恵さん」

「そ、そうです……何故、娘のことを？」

流秋は目を見開いて問い返す。

一方、冬弥は口ごもってしまった。

まさか、その幸恵の霊に悩まされている人がいて、霊障の相談を受けていたとはさすがに言えない。

「少しばかり別件の依頼でそちらの方に。幸恵さんに直接お会いしたわけではないのですが──」

と、曖昧《あいまい》に言葉を濁す。しかし、誰もそれ以上のことを追及してくることはなかった。

冬弥は膝の上に置いていた手を震わせた。

さすがです、師匠。少しずつ繋がってきました。

流秋は悲しげにまぶたを落とした。

「そうですか……あれも、幼い頃から屋敷を出たいと強く望んでいて、高校卒業と同時に飛び出すように屋敷を出て、あちらで就職、結婚をしたと人づてに聞いたのですが、娘の方からはいっさい顔を見せることもなく、それでも、さすがに自分の母親の葬儀の時には帰ってきたのですが……そうして、ようやく連絡が取れるようになったかと思えば、こんなことに……」

流秋は勢いよく顔を上げた。

「先祖の呪術はすでに解けていると言うのなら、何故……」

流秋の問いに柚木家全員が冬弥に視線を向けた。

これまで屋敷で起きている不可解な死因のすべては、かけられた呪術のせいだと思い込んでいた柚木家にとって、呪術はすでに解かれていたというのは信じられないといったところだ。

では何故、呪術が解けているにもかかわらずこの屋敷に次々と不幸が起きるというのか。

冬弥はみなの視線から逃れるよう、膝に置いた自分の手元を見つめる。

彼らの顔を見て発言する勇気はなかったから。

「とても言いづらいことなのですが……」

と、口を閉ざしてしまった冬弥に、流秋は先を促す。

「どうぞはっきりとおっしゃってください。これもすべて柚木家を救うためでしたらどんなことでも受け入れるつもりです」

その言葉に冬弥も決意を固める。

「では、申し上げます。お気を悪くされたならどうかお許しください。ここではかつて多くの女性や幼い子供が殺されたようですね。昨日裏庭で朽ちかけた祠を見かけました。あれは殺された者たちを祀ったもの。ですが、その魂を鎮めるための祠がきちんと役目を果たしていない。こんなものでは殺された怨みは消えない、と彼女たちは怒りをこの屋敷に、いえ、現在生きている柚木家の人々に向けています。そういった、様々な深い怨み辛みが屋敷の周りに渦巻いている」

さて、こんなことを言って柚木家の人々は怒り出すかと思いきや、それどころか、みな顔を青ざめさせるだけであった。

多くの女性や子供が殺されたということは、可能性は生贄《いけにえ》や口減らし、虐げられて死んだ下働きの者など……そういったところか。

本当にそんなことがあったのかと思うかもしれないが、昔はこういった閉塞した村ではあたりまえのようにあったことである。

「長い年月を経て祠の存在も忘れられ、粗末に扱われていると、霊たちの怒りは増しています」

その者たちの怨みによって、柚木家の人々を不幸に陥れている。

さらに、冬弥は眉をひそめた。

「そして、それらとは別にこの屋敷に対して強い怨みを放つ者がいるようです。それは僕がこの屋敷に来たことを歓迎していない」

シャツの襟《えり》に手をかけ冬弥は首元を開く。

みな息を呑んだ。

冬弥の首元に、まるで首を絞められたかのような指の痕がうっすらと残っていたからだ。

「この屋敷から出て行け、さもなければ命はない、ということでしょうか」

「まさか……」

と、声をもらし柚木家のみなが顔を見合わせる。

「ところで、昨日、仏間にある一番右端の遺影が突然落ちてきました。どなたでしょうか？」

「それは、三代目当主です」

流秋は思い出すように答え、藤司はますます眉間に深いしわを刻む。

「その三代目当主が僕の前に姿を現し〝さや〟と言う名を口にし、詫びていました。僕が〝さや〟を苦しめ殺してしまった。だから、この屋敷は呪われた。〝さや〟を救って欲しい、と」

しんと静まりかえってしまった空気の中、腕を組み、これまでじっと話に耳を傾けていた藤司がようやく口を開いた。

「そうですか。三代目が稜ヶ院さんに……なるほど。どうやら稜ヶ院さんはこれまでのような見せかけの霊能師の方々とは違うようですな。本物であらせられる。いや、こんなことを言っては失礼でした」

藤司は言葉を切り、組んでいた腕を解いた。

冬弥は無言で藤司の言葉の続きを待った。

「この柚木家では昔、恐ろしい風習があってのう」

冬弥はごくりと唾を飲み込み、藤司の言葉に耳を傾ける。

「昔、この屋敷の当主が、自分の幸せのために子孫の人生を七代にわたって捧げるという誓約を地霊と交わし呪術を施した、と言ったであろう」

冬弥はうなずいた。

「以来、柚木家の当主となった者は、自らに降りかかるかもしれない呪いを退けるため、その地霊に贄を捧げてきた。贄はおおむね、若い女性や子供だった。贄を捧げたこともあり、屋敷の当主は無事に過ごすことができたが、当主以外の者に気のおかしくなる者や、障がいのある者、奇形児が多く生まれるようになった」

やはり生贄を捧げてきたのかと納得する。

「三代目当主が亡くなった後、わしの父が三代目の正妻と再婚して柚木家に入り四代目を引き継いだ。その後に父が呪いを解いたというようなことを言っていたのを聞いたことがあるが……」

藤司はその時のことを思い出すように目を閉じた。

「……確かに、祈祷師《きとうし》のような者がやって来て仰々しく、儀式らしきことをやっていた記憶はあるが、当時はわしも子供だった故、それが何であったかよくわからなかった。しかし、今にして思えば、それが呪いを解く儀式だったのかもしれないのう」

「では、この屋敷に怨みを持つ者とはいったい？」

そう尋ねる浩一に、藤司はうむ、とうなずき、さらに続けて言う。

「わしが、まだ子供の頃、そう、七つか八つかそこらの頃の話じゃ」

藤司はいったん言葉を切り、喉をしめらすように、ずずっと茶をすすった。

「この村に〝小綾《さや》〟という娘がおった」

その名を聞くや、冬弥は目を見開き、腰を浮かせかけた。

やはり、小綾のことを知っている者が屋敷にいた。

こんなにも早く小綾という人物に辿り着くことができようとは。

もしかしたら、思っていたよりも早くこの依頼を解決に導くことができるかもしれないと期待する。しかし、そう甘くはないことを、冬弥は思い知らされることになるのだが。

呪術はすでに解かれている。

ならば、呪術のことについては切り離して考えてもいいだろう。しかし、その呪術で犠牲になった者たちがいるとなれば話はまた別である。

前当主が小綾という人物の名を持ち出してきたということは、多少なりとも、彼にはこの屋敷の怪異に小綾が関係していると、思い当たるふしがあるということだ。

藤司はさらに語った。

「小綾は、こんな寂れた村には似合わない、それはそれは、たいそう美しい娘で村の男たちの誰もが彼女に思いを寄せたそうじゃ」

男たちはあの手この手で小綾を手に入れようと必死になって口説いたが、小綾はどの男にもなびくことはなかった。

当時の柚木家三代目当主も例にもれず、小綾に一瞬にして心を奪われ、何度も結婚の申し込みをした。しかし、小綾は当主の求婚に首を縦に振らなかった。

何故なら、小綾には許婚《いいなずけ》がいたからだ。

二人は幼い頃から共に過ごした。しかし、どうしても小綾を手に入れたいと思った当主は、あろうことか小綾の許婚を殺し、無理矢理小綾を屋敷に連れてきてしまった。

慕う相手がこの世から消えてしまえば小綾もあきらめるだろうと、当主は考えたのだ。

ところが、当主にはすでに正妻がいた。

一方、小綾はしがない村娘。

当然のことながら柚木家とは身分が釣《つ》り合《あ》うわけでもなく、小綾は妾《めかけ》としての立場で柚木家の者から冷遇されていた。

彼女の扱いは使用人以下であった。

毎日、朝早くから起きて夜遅くまで働かされ、小綾には休む暇も自由もなく、身も心も疲弊していった。やつれて美しさを失った小綾に、しだいに当主は興味を失い冷たくあたるようになった。

「そんなある日、小綾は屋敷から逃げ出した。半日かけて久比里山の峠を越え、やがて小さな神社に逃げ込んだが、追ってきた村人によって捕らえられ惨殺《ざんさつ》された。しかも、小綾はその時身ごもっていたんじゃ。以来、その社は小綾の呪いで祟《たた》られている」

「もしかして神社とは、ここへ来る途中にある久見神社のことですか」

藤司はうむ、と低い声をもらしうなずいた。

神社で視た、白い着物を着た、髪の長い女性は、小綾という女性なのか。

そういえば心愛と神社に行った帰り、事故を起こしそうになった瞬間、かすかだが赤子の泣き声も聞こえてきた。

赤子は、この世に生を享けることができなかった小綾の子か。

昨夜冬弥の枕元に立ち襲ってきた女も、顔こそ見えなかったものの、仮にその正体が小綾だとすれば……。

藤司は表情を硬くさせ言葉を続ける。

「先ほど、この柚木家には恐ろしい風習があったと言ったであろう。当主は小綾を贄として殺してしまったのじゃ」

押し殺すような藤司の声に、他の者は黙ってうつむき、冬弥はごくりと唾を飲み下した。

つまり、その小綾という娘は、妾とはいえ柚木家に入った身でありながら生贄として当主の犠牲となり殺されてしまった。

少しだけ見えてきた気がする。

屋敷の者を襲う不幸の数々、それは生贄にされてきた多くの女、そして、子供たちの霊。中でももっとも根深いのは、許婚を殺されこの柚木家に連れてこられながらも、粗末に扱われ、最後には生贄として殺された小綾という女の怨みということになる。

小綾の深い怨みに引き寄せられ、他の霊たちが集まり、屋敷に渦巻いているのだ。

冬弥は考え込むように腕を組んだ。

とにかく、雑多な霊を引き寄せてしまう小綾本人を引き出す前に、無関係な霊たちを排除しなければならない。そして、排除してすぐに小綾の意識と接触しなければ、またしてもすぐにさまよう霊が小綾の放つ強い念に呼び寄せられこの屋敷に集まってきてしまう。

これは思っていた以上に、大変な仕事になりそうだ。

そもそも、小綾という女性が素直に自分との話に応じてくれるかどうか。

冬弥は首元に手を当てた。

何しろ、その小綾とおぼしき人物に昨夜、首を絞められ殺されそうになったのだから。

「実は……」

言いづらそうに浩一は口を開く。

「これまでたくさんの霊能師の方に来ていただいたのですが、屋敷に着いて早々、逃げ出してしまった者もいれば、まったく的外れのことをおっしゃる者もいました。稜ヶ院さんもご存じだと思いますが、あの有名な阿須波響鳴《あすなみきようめい》先生にもご無理を言って来ていただいたのです」

阿須波響鳴とは「わたしに祓えぬものはない！」や「祓いたいのなら、払いなさい」が口癖の有名霊能師で、心霊番組にもよく出演している。

「結局、阿須波先生も一度来たきりで、それ以降は忙しく都合がつかないと言って二度とここへ来ることはありませんでしたが」

阿須波響鳴は決して無能な霊能師ではない。

霊力の高い実力のある霊能師だと、冬弥はそう思っていた。

その阿須波でもこの件には手こずり、それっきり姿を現さなくなったのだというのだから、よほどこの屋敷の因縁は深いものと考えていい。

心してかからなければ。

柚木家の人々と話を終えた冬弥は、コップ一杯の水とお供えの菓子を持って、孤月とともに裏庭の祠へと向かった。

無残にも生贄の犠牲となった霊たちの魂を鎮めるためだ。

「結局、逃げ出してしまうとは、霊能師とは名ばかりの無能な奴らめ。情けない」

冬弥の横で孤月が呆《あき》れた声を発する。

「それに比べて冬弥は偉い」

「それほど小綾の怨みは強いということだよ。僕も慎重にことを進めていかないと。それこそ、僕は未熟者だから」

祠へ辿り着くとそこに水と菓子を置く。

朽ちてしまった祠を建て直す必要はない。

祠そのものを清め、ここにいる霊を浄化させれば済む。そうして、この祠は役目を終える。

下手に建て直してしまえば、また雑多な霊が集まってくる可能性があるからだ。

冬弥は祠の前に立つと数珠を持ち、手を合わせた。

たくさんの霊が泣きながら救いを求めてくる。

あまりにも多すぎて、それぞれ一人ずつの嘆きに耳を傾けるわけにはいかない。

それでも、上にあがることを希望する者のために冬弥はひたすら経を唱え、霊たちの心を慰め、上へ続く道を示した。

やがて冬弥は静かに目を開けた。

祠の周りでざわついていた者たちの気配はなくなった。

重苦しい雰囲気も完全に消えた。

「ここにいた全員、上にいくよう説得したよ。みんな、早く楽になりたい、上がりたいって願う人が多かったから。大がかりにならなくて済んだ」

さすがに、ずっと集中していたため精神的に疲れたが。

「あとはこの祠の役目を終えさせる作業が残っているだけ」

冬弥は再び数珠を握る手を横に切るように払った。

「これで終わり。もう、この祠に寄ってくるものはない。これはただの箱」

「この霊道はどうするのだ？」

孤月は祠の側を通る黒い道を指さす。

「こればかりは断ち切ることはできないからな。とりあえず部屋に戻ろう。この件については浩一さんと相談したいことがあるし、仏間にいる霊の塊もこれ以上増えて膨れることはないはずだから、これで一気に祓うことができるかもしれない」

「祓いきれないものがいたらどうする？」

「何とか言い聞かせて屋敷から出て行ってもらいたいところだけど、言うことをきかないようなら、その時は問答無用で片付ける」

「冬弥にしては珍しいことを言う」

「強引なことはあまりしたくないんだけど」

冬弥はなんとも言えない笑いを浮かべ肩をすくめた。

広い庭を横切り表玄関に向かうと、萌桜が声をかけてきた。

「稜ヶ院さん、お昼ご飯はいかがいたしましょう？　お声をかけようかどうしようか迷ったのですが、主人からお仕事の邪魔をしてはいけないと注意されて」

冬弥は慌てて時計を見る。

食事のことも忘れ、長い間集中して作業をしていたようだ。

「すみません。時間がかかってしまいました」

確かにお腹が空いた。

「では、離れにお持ちします」

「ありがとうございます」

離れの部屋に戻ると、すぐに萌桜が昼の膳を運んできてくれた。

お蕎麦《そば》と野菜のてんぷらであった。

「お蕎麦ですか。いい香りですね。いただきます」

手をあわせ、冬弥は箸《はし》を手にする。

ザルの上にきれいに盛られた蕎麦は、みずみずしく見るからに美味しそうだ。蕎麦つゆをつけて啜《すす》ると、なんとも言えない歯ごたえと喉ごしに、冬弥は思わず唸《うな》る。香りも素晴らしい。

盆を抱えたまま萌桜は冬弥の側に腰を下ろした。

「義父が打ったんです」

「流秋さんが？　それはすごい」

当主である流秋は蕎麦を打つのが趣味らしく、この日はわざわざ冬弥のために打ってくれたのだ。

それきり会話が途絶えてしまった。けれど、萌桜は冬弥の側に座ったまま動こうとはしない。かといって、話しかけてくるわけでもない。

それでも萌桜の顔は、冬弥に何か問いたげな感じに見えた。

ようやく、冬弥はああそうだ、と気づく。

「浩一さんから、さつきちゃんの話は聞きましたか？」

「ええ……そのことで、稜ヶ院さんにお尋ねしたいことがあって」

「僕に？　なんでしょう？」

「稜ヶ院さんは、霊が視えて声を聞くことができると夫から聞きましたが本当ですか？」

思わず言葉を詰まらせてしまった。

何故なら、てっきり萌桜から亡くなった娘、さつきのことについて尋ねられると思ったからだ。

何故そんなことを聞いてくるのだろう、と冬弥は首を傾げる。

「はい……子供の頃からそうでした。自分にしか視えないのだと理解するのにずいぶんと時間がかかったものです。視えるせいで、他の者には気味悪がられたりもしました。今となっては慣れてしまいましたが」

「人の死の直前も、霊視というもので視えてしまうのですか？」

「すべて視えてしまうというわけではないですが」

「娘の……さつきが裏庭の沼に落ちた瞬間も、稜ヶ院さんには視えたのですか？」

亡くなった娘のことを気がかりに思うのは当然のこと。だが、食い入るような目で見つめてくる萌桜に、冬弥は戸惑いを覚える。

「たとえばですけれど……」

静かに萌桜はまぶたを伏せる。

「たとえば、私に触れたら私のすべてを、稜ヶ院さんは霊視で視えてしまうものなのですか？」

再び視線を上げた萌桜と目が合う。

暗い沼地の底を映し出したかのような萌桜の瞳に、冬弥の胸がざわついた。

「それは……」

答えづらそうに言葉を詰まらせた冬弥を見て、孤月は眉を寄せ萌桜を睨みつける。

『さっきから嫌なことばかり聞く女だな。たった今、視えてしまうせいで冬弥が辛い思いをしてきたと話したばかりではないか』

いいんだよ、というように笑い、冬弥は緩く首を振って孤月を宥める。

「相手に触れなくても、その気になれば視ることはできます。すべて」

孤月を宥めたものの、つい、挑むような目で萌桜を見返してしまいすぐに反省をする。ちなみに、師匠なら、視た相手の過去はもちろんのこと、前世まで遡って探ることができるからもっと凄い。自分にはそこまでの力はないが。

「あくまでその気になればですが。こんな力を持っているなんて気味が悪いですよね。すみません」

「いいえ、おかしなことをいろいろ聞いてしまって、私ったら……お気を悪くなさらないで。今言ったことは忘れてくださいー」

そういえば、と、さつきとの大切な約束があったことを冬弥は思い出す。

さつきがお母さんに伝えて欲しいと言っていた言葉を萌桜に伝えなければならない。

「昨日、少しだけさつきちゃんとお話をしました」

すると、萌桜はこれ以上ないというくらい目を見開き、唇を震わせた。

「死んだ人とも会話をすることができるのですか」

「え？」

「それで！　それで、あの子は稜ヶ院さんに何を？　何を言ったのですか！」

食いつくように萌桜が身を乗り出してきた。

その必死ともいえる形相に、冬弥は恐れすら抱いた。

「さつきちゃんは……」

そこへ、流秋が離れに現れ、それをきっかけに、萌桜は立ち上がりそそくさと部屋を出て行く。

萌桜に、さつきの伝言を伝えそびれてしまった。

「どうですかな？　蕎麦の味は」

「とても美味しいです。それに、素晴らしい香りですね」

流秋は嬉しそうに笑った。

「それはよかった。蕎麦を打ったかいがあったというもの」

すっかり気を良くした流秋と料理の話でしばし盛り上がった。流秋はこの件が落ち着いたら蕎麦の打ち方を教えてやろうと言ってくれた。

昼食を食べ終えた冬弥は仏間に向かう。

日が落ちる前に、仏間に固まっている霊を退ける作業を済ませたかったからだ。

冬弥は重たいため息をつく。多分、精神的につらいものとなるだろうことは想像がついた。

仏間に行き冬弥はすぐに仕事に取りかかる。

持参したお線香に火をつけ、仏壇横の黒い塊と向き合う。

「これが最後の説得です。上にあがりたいと思う者がいるなら僕がお手伝いをしましょう。上がらないのなら即刻、この屋敷から出て行きなさい。それすら拒むというなら僕も強行手段を取ります」

けれど、やはり、説得に応じる気配はない。

わかってはいたが、小綾の怨みによって引き寄せられ、悪霊と化したものに、説得は無理だった。

ならばやむを得ない。この世に存在も残さず、消えてもらうしかない。

冬弥は除霊に切り替え経を唱えた。

そこら中で家が軋《きし》む音がする。

冬弥の経によって霊たちが悲鳴を上げている。

強引な方法ではあったが、仏間に巣くう霊たちを退けることができた。

除霊が終わった頃、タイミングよく浩一が現れる。

「これは……」

部屋に入るなり浩一は驚きの声を上げた。

「まるで別の部屋のようです。霊感などまったくない私ですが、部屋の空気がきれいになった感じがします」

「圧迫感がすごかったですからね。ここにいる霊たちは片付けました。しかし、再び別なものを呼び寄せてしまう可能性はあります。そこでご相談ですが、できることなら、お仏壇を他の部屋へ移動されることをおすすめしたいのですが」

「他の部屋ですか。さて、どこがよろしいのでしょう?」

視てみます、と言って冬弥は霊道のかからない部屋はないかと霊視で探る。

頭の中に屋敷の全体図が浮かび上がる。

丹念に、霊道が少しでもかからない部屋を探していく。

「この廊下の突き当たりにある西側のお部屋がいいかもしれません」

「ああ、そこはほとんど使われていない客間です。ではすぐにでも移動させるよう手配します。本当にありがとうございました」

浩一は深々と冬弥に頭を下げる。しかし、冬弥は慌てて首を振った。

「すみません。まだすべて片付いたわけではないんです。先祖にかけられた呪術はすでに解かれている。この屋敷のために犠牲になった者たちは浄化した。この仏間に集まってきた霊たちも退けた。ですが、まだ小綾という方の存在が掴めないのです」

依頼の半分は片付けることができたかもしれない。けれど、残された半分の仕事がとてつもなく厄介だ。

「小綾という女性のことも、稜ヶ院さんの手で何とかしていただけるのですか?」

「もちろんです。彼女の霊もこの手で鎮めすべてを終わりにしたいと思っています」

それには、とにもかくにも、小綾を見つけ出さなければ始まらない。

第五章 ▼ 小綾の怨み

「それにしても、嫌な話だな」

孤月の言う嫌な話とは生贄のことだ。

生贄だの人柱《ひとばしら》だの、昔はあたりまえのようにあったと聞く。

かくいう冬弥の故郷も昔は生贄を捧げるという風習があり、そのせいで冬弥の実家である稜ヶ院家は呪われてきた。

その呪いを断ち切ったのが冬弥自身であった。

もっとも、すべてを自分でやったのではなく、大半は師匠の手によってだが。

師匠と出会ったのもその時だった。

ただ、力が及ばないせいでその時に恋人を失ってしまったという辛い過去が冬弥にはある。亡くなった恋人が今はどうしているのかまったく掴めない。

彼女に会って謝りたかった。なのに、どんなに呼びかけても彼女が冬弥の前に姿を現すことはない。

それもあって、冬弥は霊能師という道を選んだ。

もちろん、師匠と同じく少しでも困っている人たちを救いたいという思いもあるが。

「他人を犠牲にして我が身を守ってくれなどという考えには反吐《へど》が出る」

藤司から昔の話を聞かされた孤月はかなりご立腹の様子だ。

孤月が怒るのもわからなくもない。

何故なら、孤月もその昔、稜ヶ院家の守り神として屋敷の敷地内の稲荷社に祀られていた。が、いつしか、その存在を忘れさられ孤月自身、禍神となりかけていたのだ。人に禍をもたらすのなら消滅させるしかない、と師匠によって消されかけようとしたところに冬弥は待ったをかけ、孤月の怒りを鎮めた。

孤月が師匠を嫌う理由はそれである。

それから、孤月を社から解放し自由にしたが、今は冬弥の守護として側にいる。

「ごめんね、孤月」

孤月の境遇を思い出し、冬弥は申し訳なさそうに声を落とす。

「わたしは別に冬弥のことをどうこう言っているわけではない」

「それでも孤月には辛い思いをさせてしまったと思っている」

孤月はうつむいたまま膝に置いていた手を握りしめた。

「うう……もうこの話はやめだ！　わたしはこうして冬弥に会えて、冬弥の側にいることができてとても幸せなのだから」

「ありがとう」

「だから、そんな真顔で言うのはやめろ！」

孤月は顔を赤くしながら視線をそらしてしまう。

優しく笑っていた冬弥の顔が翳る。

愛《いと》しい男性と無理矢理引き離され、望まぬ家に妾としてとらわれ虐げられ、最後には生贄として命を落とした小綾。

なんとかして小綾の怒りを鎮めることはできないだろうか。

「孤月」

「なんだ？」

冬弥の呼びかけに孤月は視線を戻す。

「小綾さんと接触してみようと思う」

冬弥の発言に孤月は目を見開く。

「接触だと？」

「うん。過去の、殺される前の小綾さんに会いに行く」

「どうやって」

「夢の中でだよ」

「そんなことできるのか？　危険ではないのか？」

冬弥はさあ、と首を傾げた。

やってできないことはおそらくない。

事実、師匠は意識を集中させるだけで死者の遠い過去へと遡って霊視をし、その者に直接語りかけるという高等な技を使う。しかし、冬弥がそれをやるのは初めて。

巧《うま》くいく保証もないし、それによって自分の身がどうなるのかもわからない。もしかしたら、二度と目覚めない可能性もある。

「眠っている間に夢で小綾さんの過去を覗いてみる。可能なら小綾さんと直接話をしてみたいけど」

たぶん、そこまでできるかどうか自信はないな、と冬弥は声を落とす。

「それでも、やれるだけのことはやってみようと思う」

孤月の小さな手が、ぎゅっと冬弥の手を握りしめる。

引き止めても無駄であることを察したのだろう、孤月はこくりとうなずいた。

「冬弥の身にもしものことがあったら、必ずわたしが目覚めさせてやる」

孤月の言葉が頼もしいと思った。

「孤月が側にいてくれるなら安心して眠ることができるな」

「いい夢を見ろと言える状況ではなさそうだがな」

「とにかく頑張ってみるよ」

そう言って、冬弥は日付が変わる頃、床についた。

最初は緊張で眠れず何度か寝返りを打っていたが、いつの間にか深い眠りへと落ちていった。

季節は冬。
雪深い寂れた小さな村。
暗い灰色の空から、雪が静かに舞い落ちてくる。
雪の中を冬弥は歩いていた。
不思議と寒さは感じない。
ふと、目の前に大きな屋敷が見えた。
見覚えのある屋敷だ。
立派な門構え。
広い敷地をぐるりと取り囲む白い壁。
この村を仕切る柚木家だということはすぐにわかった。
現在と趣はほとんど変わっていない。
いったい、いつの時代だろう。
ずいぶん古い時代のようだ。
足が向くまま屋敷の門をくぐり、庭を歩く。
敷地の隅にある井戸で、一人の娘が泣きながら洗濯をしているのを見つける。
しんしんと降る雪が、娘の頭や肩に降り積もっていく。
時折、娘は指先を口元に持っていき、息を吹きかけていた。

水の冷たさで赤くなった指先は、ひび割れて血がにじみ痛々しそうであった。

すぐにその娘が小綾だと確信する。

藤司は、小綾はたいそう美しい娘だと言っていたが、そこにいる娘の顔はやつれて肌も荒れ、髪は乱れ、痩せこけた憐れな姿であった。

着ている着物の裾も袖口もすり切れ、寒空の下、足元は素足にくたびれた草履《ぞうり》という格好であった。

暗い空を見上げる小綾の目から、一筋の涙が落ちた。

吐《は》く息が虚空を白く染める。

「喜平《きへい》さん……あなたの側に行きたい」

小綾の口からこぼれた喜平という男の名。

それが小綾の恋した男の名か。

「何さぼってんだい！　このぐず、のろま」

そこへ、きつい顔立ちの女が現れ、小綾を罵《ののし》り、棒のようなもので叩き始めた。

よろめいた小綾が、倒れまいと踏ん張ったときに、足元の泥水が跳ね、洗ったばかりの洗濯物に飛び散る。

たまたま作業の手を止めたところを、女中頭に見咎《みとが》められたのだ。

洗い終わった洗濯物が汚れてしまった。

「何だい、その反抗的な目は！　文句でもあんのかい？」

女は盥《たらい》を持ち上げた。

『待って！』

冬弥は止めに入ろうと足を踏み出す。

けれど、走っているのに、いっこうに足が前に進まない。

まるで、夢の中で何者かに追われ、必死で逃げているのに何故か足が前に進まない。

あの感覚であった。

女は手にした盥の水を小綾の頭からぶちまけた。

「当主をたぶらかした性悪女が！」

全身ずぶ濡れになった小綾を、女は蔑《さげす》む目で見下ろす。

「まったく嫌らしい娘だよ！　いったいどういう手を使って当主様に媚《こ》びたのか知らないけど！」

女はひとしきり小綾を罵ると、肩を怒らせ屋敷内へと戻っていった。

ずぶ濡れとなった小綾の身体に、容赦なく冷たい風が吹き、凍える雪が落ちる。

冬弥は小綾を見下ろした。

助けたくても、助けることができないもどかしさに、唇を噛む。

『小綾さん』

冬弥の呼び声に小綾は顔を上げた。

が、小綾は井戸の水をくみ直し、汚れてしまった洗濯物を洗い直し始めた。

ふと、遠くで男女の弾む声が聞こえてきた。

そちらに視線をやると、三代目当主と、派手な着物を着た若い女が仲睦《むつ》まじく歩いている姿が映った。

何故、その人物が柚木家の当主とわかったのか。

それは仏間に現れ、小綾を救って欲しいと言った若者と同じ顔だったから。

ちらりとこちらに視線をやった女は、くすりと赤い唇を歪め当主の腕に自分の腕を絡ませた。

まるで小綾に見せつけるように。

小綾は悲しげに瞳を揺らした。


それから場面が変わった。

先ほどの若い女と当主が寝間にいた。

当主はうつぶせになりながら煙草《たばこ》をくゆらせている。

女は乱れた髪を手ですき、布団の脇に投げられた夜着を肩に羽織る。

「あの女をこの屋敷から追い出して。そうでなけりゃ、あたしこの屋敷を出るわ」

二人の会話からして女は当主の正妻ではなく妾のようだ。

当主には他にも愛人がいたのだ。

「そ、それは待ってくれ」

行かないでくれといわんばかりに、当主は慌てて女を引き止める。

「追い出すといっても、無理矢理連れてきてしまった手前……」

「そんなの、どうとでもなるでしょう？　ねえ、この屋敷には先祖の呪いを防ぐために、女や子供を生贄にする風習があるのよね？　だったら、小綾を生贄にすればいいじゃない」

「しかし……生贄は」

当主は渋い顔をする。

「そういうのって多ければ多いほどいいんでしょう？　御利益がありそうじゃない」

女は笑いながら身を乗り出してきた。

「あんたができないっていうんなら、あたしがやってあげてもいいわよ」

と言って女は意地の悪い笑みを浮かべる。

「たとえば、この屋敷が嫌になった小綾は、金目のものを持ち出し逃げ出してしまった。すぐに追っ手に捕らえられ罪人として罪を受けるところを、当主のありがたい慈悲によって救われ、それどころか当主のための生贄となる名誉を賜《たまわ》る。どう？」

男はごくりと唾を飲み込んだ。

無言だった。

つまり、女の策略に乗ったのだ。

あとは、おまえに任せるとばかりに。


再び場面が変わる。

小綾は素足のまま暗い山道を走っていた。

冬弥は藤司の語ってくれた昔話を思い出す。

屋敷を抜け出した小綾は久比里山の峠を越え、あの呪いの廃神社へ向かった。

神社に辿り着いた小綾は、そこで追ってきた村人たちに取り押さえられ殺されてしまった。

小綾が向かっている先は間違いなく、あの神社がある方向。

『小綾さん、だめだ！　そこに行ってはだめなんだ！』

引き止めようと冬弥は両手を広げ、走ってくる小綾の前に立ちはだかる。が、小綾は冬弥の身体をすり抜けてしまった。

振り返った冬弥は、去って行く小綾の背中に向かって再び叫ぶ。

『お願いだ！　僕の声を聞いて、小綾さん！』

これは夢の中、小綾と会話をすることはおろか、彼女に触れることもできない。

どんなに叫んでも、冬弥の声は小綾には届かない。

小綾は必死になって暗い山道を走り、神社の鳥居をくぐり社の前で崩れるように膝をつく。

「助けてください神様！　私を喜平さんのところに連れて行ってください！」

両手をこするようにして小綾は祈る。

そこへ、逃げた小綾を追ってきた村の男衆がやってきた。

「いたぞ！」

村人たちが小綾に詰めより取り押さえた。

「見ろ！　やはりこの女が金を盗んだんだ！」

小綾の足元にお金のようなものが落ちる。

冬弥には見慣れないお金で、それがこの時代でどれくらいの価値があるのかわからない。

遅れて柚木家三代目当主もやって来た。

「旦那様、この女どうしますか？　とんでもない盗人《ぬすっと》ですぞ！」

「知らない！　私はお金なんて盗んでない。本当に知らないの！」

男の一人が松明《たいまつ》で小綾のひたいを殴った。

よろめいた小綾のこめかみから血が流れ、前髪が炎で焼かれ落ちる。

「違う！　私じゃない！」

三代目当主は、泣き叫ぶ小綾を見下ろしながら口元を歪め、喚《わめ》いて興奮するみなを鎮めるよう両手を上げた。

「おそらく彼女も、ほんの出来心を起こしただけ。そうだろう小綾？」

「違う！　私は盗んでいない」

小綾を取り押さえていた男が黙れ、とばかりに小綾を突き飛ばし地面に押しつける。

「そうだ。彼女には僕のための生贄となってもらおう」

それまで興奮気味に騒ぎたてていた村人たちが、当主の言葉に黙り込んでしまった。

当主は冷めた眼差しで小綾を見下ろす。

「これがせめてもの僕からの慈悲だよ。おまえは罪人として殺されるのではなく、僕のためにその命を捧げるのだから」

小綾は凄まじい目で当主を睨みつけた。

「やれ」

当主の一言に、村人たちはいっせいに、小綾に乱暴をする。

『ひどい……』

冬弥は握った手を小刻みに震わせる。

『どうして簡単に人を殺そうとするんだ。それに僕は見たぞ！　そこにいる小太りの男が小綾さんの足元に持っていたお金をばらまいたのを。小綾さんは、はめられたんだ！　そいつらに、当主の愛人に！』

当主は表情一つ変えず、村人から暴力を受ける小綾を見下ろしていた。

『小綾さん！』

冬弥はいつの間にか手にしていた数珠を握りしめた。

それは師匠から譲られたものではなく、以前、自分が愛用していた数珠。

小綾は殴られて腫れた顔を上げる。そして、目の前に立つ冬弥を見上げた。

その目に大粒の涙が盛り上がる。

「あなたは誰？」

「小綾さん！　もしかして僕が見えるの？」

「助けて……」

地面に這《は》いつくばったまま、小綾は冬弥に向かって手を伸ばす。

その手を取ろうと、冬弥も大きく腕を差し出した。

「僕があなたを助けるから！」

小綾の手が冬弥の右手首を掴む。

必死で救いを求めようとする小綾の手が、ぎりぎりと強く手首を締め付けてくる。

その冷たい指に、冬弥の胸がずきりと痛んだ。

が、力を失った小綾の手がするりと離れていく。

「お願い。助けて――」

冬弥の顔を覗き込むような格好で、小綾はか細い声で助けを求める。

瞬間、小綾の指先が冬弥の数珠の端を掴む。

引きちぎられた数珠がばらばらになり、音を立てて辺りに転がり落ちる。

これは！

冬弥は目を見開いた。

この光景に見覚えがあったからだ。

それは、心愛と呪いの廃神社に行ったあの時、現れた白い着物の女の霊に右手首を掴まれ、数珠が引きちぎられた。

まさに、その時と同じ光景であった。

やがて、小綾の身体が動かなくなってしまった。

『小綾さん！　小綾さん！』

冬弥はその場に膝をつき小綾の名を何度も呼ぶ。

目の前で小綾が殺されていくのを、ただ見ていることしかできなかった。

彼女を助けることができなかった。

「死んだか？」

「ああ……」

村人の一人が足で小綾の身体を転がす。

「これでよかったんですかね？」

彼らの顔には不安が濃く表れていた。

その時、どこからともなく赤子の泣き声が聞こえ、村人たちはぎょっとしてきょろきょろと辺りを見渡した。

「赤ん坊の泣き声」

「どこから聞こえてくるんだ」

村人たちは顔を青くしながら動揺する。しかし、その泣き声も一瞬のことであった。

「旦那様、この女どうしますか？」

「その辺にでも埋めておけ」

当主の冷たい一言に、村人たちは息を呑んだものの逆らう者は誰一人いなかった。

当主の命令通り村人は神社の片隅に深い穴を掘り、そこに小綾の亡骸《なきがら》を投げ落とそうとした。

すると、突然小綾の目がかっと見開かれた。

村人は腰を抜かして尻をつく。

「ひいっ」

「まだ、生きておったんかい！」

小綾は当主を凄まじい目で睨みすえた。

「許さない。柚木家を呪ってやる。おまえらの血が絶えるまで呪い続けてやる」

だめだ。

呪うとかだめなんだ。

そんなことをしたら小綾さん、あなたの魂は報われない。

小綾さん……。


そこで、冬弥は目を覚ました。

目尻から涙がこぼれ落ちていく。

「冬弥……」

すぐ側で孤月が心配そうな目で覗き込んでいた。

「大丈夫か？　ずいぶんとうなされていたぞ」

孤月は手を伸ばし、冬弥の涙を指先で拭った。

もちろん、孤月の指先は頬をすり抜けていくだけ。

涙が頬を伝い、あごへと落ちた。

冬弥は腕を支えに起き上がる。

すでに夜も明け障子の向こうは明るい。

「ちゃんと戻ってきたんだな？　それでどうだったのだ？」

冬弥はうなずく。

「小綾の過去を見てきた」

「何か話すことができたのか？」

今度は首を横に振った。

「小綾さんは僕に助けを求めてきた。小綾さんの本体は今もあの呪いの廃神社にいる。小綾さんは殺されて埋められた」

冬弥は左手をひたいにあて、そしてもう片方の、右手首に残る痣に視線を落とす。

僕がこの依頼に関わることになったのは、殺された小綾の強い思念に引き寄せられたからなのか。

植村良子の依頼。

心愛の依頼。

引き受けるつもりのなかった柚木浩一の依頼。

すべての根はここに繋がっていた。

そしてこの因縁は、僕自身にも繋がっていた。

何故なら、夢の中で小綾を助けると約束したから。

柚木家を脅かしていた呪い、それが過去に、この屋敷の当主によって殺された小綾の怨みだというならば、その彼女の呪いを断ち彼女を浄化させる方向へと導きたい。

そうでなければ小綾があまりにもかわいそうすぎる。

しかし、すでに怨霊と化している小綾を上へあげることができるのか。

さらに、これ以上小綾が、生きている者を脅かすというのなら、やむを得ない決断をしなければならない。

間違いなく師匠もそうするだろう。

本来、彼女はこの世にとどまってはいけない存在なのだから。

冬弥は疼くように痛む手首を押さえた。

痣のような霊障は、さらに広がっている。

「だけど、何かがひっかかるんだ」

「何がだ？」

「わからない。それが何なのか」

夢の中で触れた小綾の冷たい指の感触を思い出しながら、冬弥は遠くを見るように眼差しを向ける。

そこへ。

「大変だ！」

と、大声で叫ぶ声に冬弥は我に返る。

反射的に立ち上がり、声がした方に駆けつけると、村の若い男が血相を変え玄関の前に立っていた。

男はよほど急いで駆けつけたらしく、肩を激しく上下させ苦しそうに息をしている。

その若者のただならぬ様子に、何が起きたのかと他の村人たちも、わらわらと集まってきた。

「どうしたんだ？」

玄関先に現れた浩一が、やって来た男に問いかける。

続いて萌桜、藤司も遅れて玄関に現れた。

「さ、山菜を採りに山に入ったら、倒れている人を見かけて……とにかく、柚木さんに知らせようと急いで来たんだ」

「倒れた？　いったい誰が」

「それがわかんねえだ！」

浩一と萌桜は顔を見合わせた。

「身体中傷だらけで、誰だかわかんねえ。だけどありゃ、間違いなく熊に襲われちまったんだ！　とにかく来てくれ、こっちだ！」

その若者は、浩一と他の村人を急《せ》かし、ついてきてくれと叫んで走り出す。

つられて冬弥も一緒に向かった。

山に入ってすぐのところで、若者は震える手で遠くの一点を指さす。

「あそこです」

若者が指さしたその先に、一人の男が地面にうつぶせで倒れていた。

恐る恐る近寄った冬弥は、うっと声をもらし口元に手を当てた。

村の男が言う通り、熊にやられたのだ。

ひどい状態であった。

頭がぐちゃぐちゃに崩れ、身体中深い爪痕で抉《えぐ》られ、腹部から腸が引きずり出されていた。殺してから食い荒らした形跡も見られ、着ていた服も泥や血で汚れていた。

込み上げてくる吐き気をこらえ、冬弥は側にいた孤月に悲惨な現場を見せないよう小さな身体を抱え背中を丸めた。

『孤月、見てはだめだ！』

小さな霊体である少女を胸に抱え込んでいるのが視えない者たちにとっては、腹を押さえて背中を丸くする冬弥が、気分を悪くしてその場にうずくまろうとしているようにしか見えない。

そこへ、遅れて萌桜もこの場に駆けつけてきた。

「いやいや、萌桜さんは見ちゃいかん！」

止めようとする村人を押しのけ、萌桜は人の群れを手でかきわけ前に飛び出す。そして、飛び出してきたと同時に萌桜の口から、

「お義父《とう》さん！」

と、悲鳴のような叫びが迸る。

顔を伏せながら口元に手を当て、小刻みに肩を震わせる彼女の姿を、冬弥は見つめた。

「なに！　やられたのは流秋さんだと！」

村人の声に冬弥は我に返り、再び地面に倒れている人物に視線を戻す。

幽体となった流秋が、変わり果てた自分の姿を見下ろしながら立っていた。

「こんなことって……」

と言い、足をよろめかせた萌桜が、倒れそうになる。

咄嗟に冬弥は萌桜の身体を支えた。

「大丈夫ですか？　萌桜さん」

それまでうつむいていた幽体となった流秋が、視線を上げこちらを見る。

「流秋さん……」

その目は鋭く突き刺すような、あるいは何かを訴えかけてくるような眼差しであっ

た。

冬弥は縁側に座り肩を丸めていた。

膝の上にひじをつき、ぼんやりと庭を眺める。

あの後、すぐに県警がやってきて現場検証が行なわれ、遺体は流秋のものだと断定された。

人を襲った熊はこのまま放置できない。

熊捜索のために討伐隊が組織され動き出したが、いまだ捕らえられたという知らせは届いていない。

すでに日も暮れ始めている。

捜索の続きは明日に持ち越しか。

「とんでもないことになってしまったな。まさか死人が出てしまうとは」

うん……と、答える冬弥の顔色はすぐれない。

目を閉じるとまぶたの裏に、熊に襲われた流秋の悲惨な姿が浮かんで消えなかった。

それに、どうしても気にかかることがあった。

何故、流秋は僕のことを凄まじい目で睨みつけてきたのだろう。

僕に何か訴えたいことがあったのか。

あの時、流秋に話しかけてみたが、まともに話をできる状態ではなかった。

もう少し時間が経てば会話もできるのかもしれないが。

「さすがに精神的に参ったかも」

夢で一瞬でも小綾と繋がりを持てたなら、現世でも何かしらの反応があるかもしれない。そう思って、小綾の霊体を探し、彼女に話しかけてみようと思っていたのだが。

少しでも早く依頼を解決したいと思ってはいるものの、今日ばかりは集中できそうもなく能力を発揮するのは難しそうだ。

「もう休んでしまえ。こんな状況だ。誰も文句を言うことはないだろう」

確かに、主屋の方では葬儀の準備で慌ただしくしているようだ。

孤月の言うとおり、今日はもう休もうと冬弥は早々に床についた。


翌日も朝早くから通夜の準備で忙しく動き回り、とてもではないが、依頼をこなすどころではなかった。

村の人たちが入れ替わり立ち替わりやってきて、浩一は対応に追われ、萌桜も村の女たちと、準備で忙しくしていた。

ようやく式が始まると、萌桜は泣きっぱなしだった。

そんな萌桜を慰めるため冬弥は寄り添う。

せめて、流秋は大丈夫、自分の死を受け入れ天へあがる準備をしていると伝えたかったが、その流秋も葬儀の間、自分の遺体が納められた棺の横で呆けた顔で立ち尽くしているだけ。

いまだ、己の死を受け入れられていないようで、何度か話しかけてみたがどうやら自分の声は彼の耳に届かないようだ。

けれど、ふと気づいたように時折こちらを振り返っては、何かもの言いたげな、訴えかけるような眼差しを放ってくる。

読み上げる経が終わりにさしかかる頃、流秋は冬弥を見つめながら右手の人差し指を天井に向けて立てた。

「流秋さん！」

と思わず声を出し、冬弥は椅子から腰を浮かせるが、周りの視線に気づくと、慌てて座り直し心の中で続けた。

『流秋さん、どうされましたか？　上にあがりたいのですか？　僕ならそのお手伝いをすることができます。それとも、何か僕に伝えたいことがあれば話してください』

しかし、それでも流秋は人差し指を立てたまま、口を開くことはなかった。

持てる限りの霊視能力を駆使して流秋の記憶を辿ろうと試みたが、突然すぎる死に、流秋自身の意識がまだ混乱していて探ることができなかった。

そして告別式も終わり、あとのことを親族に任せてようやく息をつくことができたのは、すでに夜も遅くなってからであった。

喉が渇いたため水を貰おうと冬弥は台所に向かった。

台所から灯りがもれている。

中を覗くと、萌桜がまだ後片付けをしていた。

水切りカゴに積まれたたくさんの食器。

シンクにも、洗い終えていない食器類が残っていた。

大勢の人がやってきたのだ、後片付けも大変であろう。

「萌桜さん。僕も手伝います」

突然声をかけられて驚いたのか、萌桜は肩を跳ねながら振り返った。

その手から皿が滑り、派手な音を立てて床の上で割れる。

「す、すみません！　大丈夫ですか？」

「はい……」

「お水をいただこうと思って来たのですが。いきなり声をかけてしまって……驚かせてしまいました。お怪我はありませんでしたか？」

「ええ……」

萌桜は床にしゃがみ、割れた皿を拾おうと手を伸ばしかけ慌てて引っ込めた。

怪我をしたのだろうか。

萌桜の右手の人差し指に、包帯が巻かれていることに気づく。

「僕がやります」

冬弥は割れた皿の破片を手早く拾い集めた。その横で萌桜は虚ろな目でぼんやりと床を見つめている。

「指、大丈夫ですか？」

「え？」

「包帯をされているので。怪我をしたのですか？」

「あ、ええ……たいしたことはないです」

そこへ、浩一が台所にやってきた。

どうやら話をしたいことがあったらしく冬弥を探していたようだ。そして、親族が集まった席でお酒を飲んでいたこともあり、少々酔っていた。

「稜ヶ院さん、父が死んだのも小綾が柚木家を怨んでのことですか！　だからそのせいで父はあんな惨《むご》い死に方を！」

詰め寄る浩一に、冬弥はたじろぐ。

「それは……」

「稜ヶ院さん、どうか一刻も早くこの家を救ってください！　お願いします。お願い……」

「申し訳ございません……」

深く頭を下げられ、困惑した冬弥は、ただそう答えるしかなかった。

浩一は慌てて手を振った。

「いえ、すみません。私の方こそ急かしてしまいました。こうして稜ヶ院さんが来てくださっただけでもありがたいと思っているのに……」

そんなふうに言われると、なおさら心が痛んだ。

同時に自分の力不足を悔やむ。

師匠のように能力のある霊能師であったなら、こんな悲劇を起こすこともなかっただろうに。師匠だったら流秋を死なせることはなかった。

「今の私たちには稜ヶ院さんだけが頼りです。以前にもお話ししましたが、何人もの霊能師の方に依頼をしても、そのほとんどがお金目当てで……本当に柚木家のために力を貸してくれようとする霊能師はいなく、困っていたところだったのです」

「何人もの霊能師に依頼をされたということは、緋鷹龍月は？」

師匠は実力のある霊能師。テレビにも頻繁に出演するためその名は広く世間に知られている。当然のことながら彼にも依頼はしたのだろうかと冬弥は何気なくその名を口にしたのだ。

はい、と言って浩一は苦い顔をする。

そして、浩一の次の言葉に冬弥は愕然《がくぜん》とした。

「ですが、断られてしまいました」

「断られた？　まさか！」

「ほんとうです。丁重に断られました」

「仕事が忙しくて、都合がつかなかったとかでしょうか？」

霊能師としても人気の高い師匠は、予約を取るだけでも大変だ。

それでも、少しでも多くの人を救おうと、空いている時間を見つけては依頼をこなしているのだが。

「いえ、自分には難しい件だとおっしゃっておりました」

「そんな……」

師匠でさえ難しい依頼だというなら、なおさら自分には持て余すものだったのではないか。

けれど師匠は、自分が柚木家の依頼を引き受けることを知っていたはず。なのに引き止めることはしなかった。

「稜ヶ院さん、父のことでいろいろ慌ただしくなってしまいましたが、どうぞよろしくお願いします」

もう一度頭を下げ、浩一は台所から去っていく。

しばしその後ろ姿を見つめ、割れた皿を片付ける作業を再開しようとした冬弥の前に、萌桜が水の入ったグラスを差し出してきた。

「稜ヶ院さん、喉が渇いたんですよね。お水をどうぞ。あ！」

しかし、タイミングが悪く、腰を屈めようとした冬弥の腕に水を差し出してきた萌桜の手がぶつかってしまった。

グラスの中の水が冬弥の寝間着にかかる。

「ごめんなさい！　私ったらぼんやりして。本当に……」

萌桜は慌てて側にあったタオルを手に、濡れた冬弥の寝間着を拭い始めた。

「大丈夫ですよ。それに、お水だからすぐに乾きます」

「本当にごめんなさい。別の寝間着を用意しますわ。お部屋にお届けしますので」

代えの寝間着を取りに行くため、萌桜は慌ただしく台所から走って行ってしまった。

水がかかっただけなのに……。

と思って苦笑する冬弥の心臓がどきり、と鳴った。

背後に何者かの気配。

ゆっくり振り返ると、すぐ側に流秋がこちらを見上げるように立っていた。

「流秋さん！」

通夜のときと同じ、流秋の目は切実に何かを訴えているように見えた。

「どうされましたか？　何か僕に伝えたいことがあるのですよね？」

答えるかわりに流秋は、またしても人差し指を立てる。

「大丈夫ですよ。上に行きたいという気持ちがあれば……」

しかし、流秋はそうではない、というように首を横に振り、そして頭を下げる。その姿はまるで冬弥に何かをお願いするようであった。

「流秋さん……？」


離れの部屋に戻っても、頭を下げてきた流秋の姿がどうしても気にかかった。

「流秋さんはいったい僕に何を伝えようとしたんだろう。何か僕に頼み事があったんだろうか」

ぽつりと言う冬弥に、孤月は露骨に嫌な顔をする。

「死人の頼み事まで聞いてやる必要などない。報酬をくれるなら考えてやってもいいけどな。そんなことより冬弥、もう帰ろう。この先、嫌な予感しかしないぞ。無理だといって依頼を断ることなど当たり前にあることだ。命を失ってしまっては話にならない」

すでに、部屋には着替えの寝間着が枕元に置かれていた。

少し水がかかっただけであまり気にはならなかったが、せっかく用意してくれたのだからと思い袖を通す。

寝間着を着た冬弥は訝しんで首を傾げた。

袖丈がやけに短かった。

「うん……だけど、もう少しやってみるよ。それで駄目だったら申し訳ないけど手を引こうと思っている」

そう答えて冬弥は布団に潜り込む。

師匠でさえ引き受けなかった依頼だ。簡単に解決できるものではないということはわかっている。

自分の限界を見極めるのも大切なこと。けれど、そう思いながらも、助けを求める小綾の声が耳から離れない。

なんとかしてあげられないだろうか、と考えているうちに冬弥は深い眠りに落ちていった。

シャン、と鈴が鳴るような音が遠くに聞こえる。

――シャン。

再び聞こえたその音に、冬弥はゆっくりとまぶたを開いた。
まだ辺りは暗い。
何時だろう？　枕元のスマホの時計を見ようとして、先ほどとは違う、がさりとい
う物音に気づく。障子の向こうの板間の濡れ縁がぎしっと軋む音を立て、黒い何かが
ゆらりと動いているのが見えた。
音の正体を確かめるため布団から起き上がろうとするが、身体が動かなかった。
指ひとつさえも。
金縛りだ。
冬弥に同調して、側で丸くなって眠っていた孤月も目覚め、眠たそうに目元をこす
る。
「冬弥、眠れないのか？」
『違う。金縛りだ』
声を出すことができないため、心の中で孤月に答える。
『冬弥が金縛りだと！　解けないのか？』
『さっきから試みてるけど、かなり手強い』
霊感が人一倍強く、雑多な霊を意図せず引き寄せてしまう冬弥だが、守る術《すべ》も持っ

ている。そのため、滅多なことでは金縛りにかかることはない。

だが、流秋の事件のこともあり冬弥自身、身心ともに弱っていた。自分の身を守ることができなくなっているのだ。

冬弥は息を呑む。

枕元に誰かが立っている気配を感じた。

これまでになく突き刺すような痛みが手首に走る。

視線を動かすと、女が立っていた。

白い着物を着た髪の長い女だ。

『小綾さん、だよね?』

冬弥が呼びかけるが、小綾は言葉もなく無言でこちらを見下ろしているだけ。

ふと、冬弥は心に引っかかりを覚えた。

この屋敷に来た最初の晩も、小綾はこうして枕元に立ち、姿を現してきた。

だがその後、自分の首を絞め殺そうとしたのは、小綾の姿ではなく、黒い靄をまとった別の何か。

もしかしたら、僕は思い違いをしていたのか。

あの時、首を絞めてきたのは小綾ではなかった?

では、凄まじい殺気を放ち、僕の首を絞め殺そうとしたのはいったい誰?

——殺してやる。

わたしの邪魔をするおまえも——。

と、言ったのは。

そう、あの時気づくことができなかったが、こうして注意深く意識を研ぎ澄ませると、今も小綾の陰に隠れるようにして、もう一人別の誰かの存在を感じる。

その者は、柚木家にやって来た冬弥を歓迎していない。それどころか、冬弥の死を願っている。

誰だ？

見えない相手の正体を突き止めるため、さらに意識を集中させようとした冬弥だが、しかし途中で思考は途切れた。

突如、がたりと音を立て障子が揺れたからだ。

障子の向こうで動く物体は、いっこうに部屋の前から去って行こうとする気配がない。

そしてそれが霊的なものでないことは感じた。

心の中で経を唱え、なんとかして金縛りを解こうと試みる。

そこへ、黒い塊が障子を突き破り侵入してきた。

冬弥は悲鳴を上げた。いや、上げたつもりであったが、金縛りのせいで声を発することができない。

現れたのは霊でも何でもない。

むしろ、霊であったほうが冬弥にとってどれほどよかったか。

『冬弥、何をしている！　逃げろ！』

現れたのは大きな体の熊だった。

柚木家当主、流秋を食い殺した熊か。

のそりのそりと、大きな体を揺すりながら熊がこちらへと近づいてくる。

『冗談じゃない！』

と心の中で叫ぶ冬弥の目が、枕元に置いてあった師匠の数珠をとらえた。

再び、シャン、という音が聞こえたと同時に、金縛りが解け、冬弥は飛び上がるように布団から半身を起こす。

それまでのろくさい動きをしていた熊が前肢を蹴り、凄まじい速さで飛びかかってきた。

『冬弥！』

迫り来る熊に掛け布団をかぶせ、身をひるがえし、襖《ふすま》にぶつかるようにして次の間へと飛んだ。

――。

恐る恐る目を開けると、熊から自分を守るように孤月が胸にしがみついていた。

そして、もう一人。

目の前に立つ一人の男。

修験者の格好をしたその男は、持っていた錫杖《しゃくじょう》を斜めにかまえ、冬弥を背にかばい大きな体躯《たいく》の熊を睨みつけている。

「佐波さん……」

以前、心愛の守りにつかせていた冬弥の眷属だ。

先ほど聞こえたかすかな鈴のような音は、佐波が持つ錫杖の鉄輪がぶつかり合う音だった。

姿を消していた佐波が、眠っていた冬弥に危機を知らせ助けに来てくれたのだ。

さらに、大きな物音に気づき、主屋で眠っていた人たちもすぐに駆けつけてきた。

「稜ヶ院さん、どうされましたか！」

「熊が……」

「熊？」

冬弥が眠っていた離れの部屋を浩一は覗く。

佐波の幽体から発せられる霊圧に押された熊が、のっそりとした足どりで部屋から出て行くところであった。

その場に座り込んでいた冬弥は、息を吐き壁にもたれるように背中をあずける。

あのまま身体が動けずに眠っていたら、いや、目覚めずにいたら、間違いなく熊の餌食《えじき》になっていただろう。

そう思うとぞっとした。

『佐波さん、助けてくれてありがとう』

冬弥の心の声に、佐波は肩越しに振り返る。

目深に笠をかぶっているせいで、その表情はわからないが、口元にはかすかな笑みが浮かんでいるように見えた。

彼は無言で冬弥に会釈をし、姿を消してしまった。

シャン、という音が遠くで鳴り響く。

『孤月』

いまだ胸にしがみついて泣いている孤月に声をかける。

孤月は泣きながら顔を上げた。

『孤月も僕を守ろうとしてくれたんだね。ありがとう』

『冬弥ぁ』

『怖い思いをさせてしまったね。もう大丈夫だから』

孤月はわっと声を上げ再び胸にしがみついてきた。泣きじゃくる孤月の背を優しくなでながら冬弥は視線を部屋に戻す。

熊は一度だけ足を止めこちらを振り返った。

その口には何かをくわえていた。

リュックサックであった。

だが、それは自分の持ち物ではない。

いったい誰のリュックサックか。どこに置いてあったのか。

「例の熊が現れたと村のみんなに知らせてくれ！」

浩一は、離れに駆けつけてきた者たちに命じ、そして冬弥の側で膝をついた。

「稜ヶ院さんご無事ですか？　お怪我は？　すぐに病院に」

「いえ。大丈夫です」

驚きにまだ心臓がばくばくいっているが怪我はない。

隣の部屋に転がったときに少しばかり腰を打っただけだ。

「こんなことになるとは……おそらく父を襲った熊に間違いないでしょう。すぐに、警察に連絡をして、明日再び村の者とともに本格的に熊を探します」

浩一が言う通り、翌日大掛かりな熊探索が行なわれた。

捜索が開始されて十数時間後、裏山の奥でリュックの中身をあさっていた熊を発見、射殺した。

後で聞いた話によると、熊の胃袋から流秋の遺体の一部が発見されたらしい。

第六章 ▼ 冬弥 絶体絶命

情けないことに、熊に襲撃されそうになって以来、冬弥の体調は日に日に悪化していった。浩一に心配をかけないよう、何でもない振りをして過ごしていたが、やはりそれも限界であった。

疼くような右手首の痛みが、やがて激痛となり歯を食いしばる。そのせいで夜も眠れないほどであった。

師匠から借りた数珠で痣をなでると、一時的でも痛みが和らぐような気がして数珠を手放せなくなっている。

布団に横たわりながら、冬弥は手にした数珠を目の前にかざすように持ち上げた。

すみません師匠。師匠から借りた数珠が。

一点の濁りもない透明だった水晶の玉がすっかり黒ずみ、中にはいびつに変形しているものもあった。

霊的な障りを水晶が吸い込んでいるのだ。

これではいつ砕けてもおかしくない。

寝込んでいる冬弥の側には、孤月が心配そうな顔でつき添っている。

数珠を持たないもう片方の手を握りしめていた。

握られている感覚はないが、ほんわりと温かさが伝わってくる。

「冬弥が死にそうだっていうのに、わたしには何も……」

悔しそうに唇を噛みしめる孤月の頬に冬弥は手を添えた。

「死にそうとか縁起でもないことを言うな」

「しかし！」

孤月が泣き出した。

「でもそうだね……孤月、もう帰ろうか」

泣きじゃくる孤月の頭をなで、冬弥はぽつりと声を落とす。

この依頼を解決しない限り手首の痣は消えない。けれど、自分の力ではもうこれが限界だ。師匠に助けを求めるしかない。

依頼者である浩一に謝らなければならない、と布団から半身を起こした時、凄まじい悲鳴が聞こえてきた。すると、使用人の一人が離れへと駆け込んでくる。

「稜ヶ院さん大変です！」

「……どうかされましたか？」

「それが、浩一様が突然おかしくなって、床の間にあった日本刀を手に暴れているのです！　話しかけても意味不明なことしか言わなくて、私たちにはどうすることもできません。どうか浩一様を止めてください。お願いします」

「……わかりました」

「冬弥！」

「大丈夫だよ。浩一さんを止めるだけだから」

起き上がり、重たい足を引きずるようにして浩一の元へ向かった。

居間の方から怒号、悲鳴、泣き声が聞こえてくる。

吐き気がする。

頭が割れるほど痛み、耳鳴りがする。

とくに霊障を受けた手首の痛みは凄まじく、腕を持ち上げることもできないほどであった。

壁に手を添えながら長い廊下を歩き、ようやく騒ぎが起きている場所に到着しかけた冬弥は突然、膝を崩しその場にうずくまってしまった。

「冬弥！　もうだめだ。冬弥まで命をとられてしまう！」

側で叫ぶ孤月の声を耳にする。

「せめて浩一さんを……」

「あの男はわたしがなんとかする。だから、冬弥はすぐにこの場を退け！」

冬弥は奥歯を噛んだ。

悔しいが立ち上がろうにも足に力が入らない。

最初から無理かもしれない依頼だと思っていたのに、何故引き受けてしまったのだろう。

その結果がこれだ。

流秋を死なせ、小綾の魂を救うことができなかった無力な自分。

僕に力があれば……。

師匠のような力があれば！

握ったこぶしを床に叩きつけた冬弥の耳に、庭の方から別の騒ぎ声が聞こえてきた。

今度は何が起きたのか、と絶望的な表情でそちらに視線を向ける冬弥の目に、門から一台の車が勢いよく屋敷内に入り込んで来るのが見えた。

ずいぶんと荒っぽい運転だ。

庭で昼寝をしていた野良猫が驚いて逃げ去っていく。

しかし、冬弥はその車が見覚えのあることに気づき目を見開く。

車が玄関先に横付けされた。

止まったと同時に、助手席から若い男が現れる。すらりとした長身に、颯爽《さっそう》とした足どり。風になびく上着の裾。端整すぎる容貌に、口元には自信に満ちた不敵な笑み。

現れたのは冬弥の師匠、緋鷹龍月であった。

冬弥は安堵の息をもらす。いや、泣き出してしまいそうになった。

「邪魔だ。散れ！」

龍月は手にした数珠で空を切るように真横に一閃させた。

それだけで辺りに満ちる、淀んだ空気が払拭された。

浮遊する霊たちを退けたのだ。さらに、龍月が足を踏み出したその場から、霊たちが、潮が引くように退いていく。

そのまま真っ直ぐ、廊下にうずくまる冬弥の元へと向かった龍月は、冬弥の首根っこを掴んで強引に立ち上がらせ、数珠を持った手で背中を勢いよく叩いた。

「貴様！　何をする！」

あまりの乱暴さに、孤月が非難の声を上げ、龍月を睨みつける。

「孤月、おまえがいてこのありさまか？　ったく、どっちも情けねえ」

龍月の厳しい言葉に孤月は声を詰まらせた。返す言葉がないというように。

「痛い……」

「痛いじゃねえよ。おまえ、そんなところで這いつくばって何やってんだ。いろんなもん背中に背負ってるどころか身体中に巻きついていたぞ」

そんなことにすら気づいていなかったとは。

けれど、背中を思いっきり叩かれたと同時に、身体中の不調が嘘のように消えた。

師匠に活を入れられたことにより、取り憑いていた無数の霊が冬弥から離れていったのだ。

一度はある程度屋敷内をきれいにしたはずだが、冬弥が体調を崩したため再び霊が集まってきてしまったのだ。

「師匠……」

「師匠じゃねえ。ほら、しっかり気を張っておけ。でないとまた憑かれるぞ」

冬弥は慌てて数珠を握ろうとして驚きの声をもらす。

黒く濁っていた数珠が、本来の透明な輝きを取り戻していた。

師匠の霊気によって、邪気で汚れた数珠が一瞬にして清められたのだ。

「師匠どうしてここに？」

「何寝ぼけたこと言ってんだ？　夢におまえが現れて、師匠助けてくださいって泣きながら訴えてくるからこうしてわざわざ来てやったんだ。おまえ、祓い料取るぞ。言っておくが俺は高いからな」

「はい……」

もう大丈夫。

そう思った途端、力が抜け冬弥はその場に膝をついた。

師匠が来てくれてこれほど心強いものはない。

龍月の手が冬弥の頭に置かれ、ぐりぐりとなでられる。

「まあ、おまえも頑張ったほうだ。褒めてやる」

「すみません。僕の力が及ばずに。それに、流秋さんを……」

「ああ、その話はあとだ」

そこへ、運転席のドアが開き、心愛がふらつく足どりで降りてきた。

「うー、こんな山道運転するの初めてだから死ぬかと思った……ていうか、死にそう。あ、冬弥さーん！　お元気でしたか？」

と、緊張感のない声で心愛が手を振ってくる。

「え？　心愛さん、どうして？」

「えへ。龍月先生をここまで車で送ってきたんですぅ」

「ここまで心愛さんが運転してきたの？　っていうか、心愛さんにあんな山道を運転させたんですか。師匠！」

「冬弥さん、いいんです。先生はお仕事で徹夜明けだから。あたし、先生のお役に立ちたいと思ったの、だから、先生、あたしがんばりました」

胸の辺りで手を組み、心愛は瞳を潤ませた。

「心愛」

「心愛って！　呼び捨てですか。いつの間に！」

龍月の指先が心愛のあご先にかけられた。

たちまち心愛の頬が赤く染まる。

心愛の心臓の音まで聞こえてきそうだ。

龍月は心愛の顔に自分の顔を近づけていく。

龍月の唇がすっと、心愛の耳元にそれた。

「ありがとな」

耳元でささやき、龍月は心愛の頭にぽんと手を置きなでる。

「はい、龍月先生……」

龍月は、ふっと笑って身をひるがえす。

「あっちだな。まったくいろんなもんが騒がしい。まるで悪霊の住処《すみか》だな」

軽い口調ではあったが、部屋で暴れる浩一の元に向かう龍月の表情は真剣そのものであった。

廊下でうろたえる藤司に、龍月は厳しい声を放つ。

「ほら、危ねえからじいさんは離れてろ。巻き添えを食らっても知らねえぞ」

龍月が部屋に踏み込むと、刀を持った浩一は、血走った目で斬りかかってこようとした。

「師匠！」

龍月は口の中で何かを短く呟き数珠を持った手を前に突き出す。

すると、浩一の身体が固まったように、その場に止まってしまった。

「おっさんもいろんなもん、背負い過ぎだ。こりゃ、ストレスもたまるわけだ。ああ、そっちのおっさんも心配そうな顔すんな」

思わず笑ってしまった。

師匠にかかれば依頼者も、じいさんやおっさん呼ばわりだ。

ちなみに最後のおっさんは、途方に暮れた顔で浩一の側に立つ流秋に向けられたものだ。

龍月は冬弥にしたときと同様、数珠を持った手で浩一の背中を勢いよく叩いた。

浩一はかっと息を吐き出しその場にくずおれる。

「私は……いったい……」

「自分が何をしたのか覚えていないってわけだな。手元を見てみろ」

龍月はあごで浩一の手を示す。

言われて視線を自分の手元に移した浩一は、ひいっと悲鳴を上げ刀を放り投げた。

「どうして、こんなものを！」

「そう、あんたはこんなものを振り回して暴れてたんだ。まったく悪霊よりたちが悪い。っていうか、その悪霊に取り憑かれてたんだっけ？」

慌てて浩一は辺りを見渡した。

「安心しろ、みんな無事だ」

それを聞いた浩一は安心して虚脱したように肩を落とす。

龍月はやれやれといったていで肩をすくめる。

霊に取り憑かれていた時のことはまったく覚えていないらしい。

「ところであの、すみません……どちら様でしょう」

なんとも間の抜けた問いかけに、龍月は大仰にため息をつく。

「緋鷹龍月。覚えているか？」

「緋鷹……」

しばし考え込む浩一であったが、相手が以前、依頼した霊能師であることに気づいたようだ。

「え？　でも！　先生は依頼の件は難しいとおっしゃってお断りされたはずでは？」

龍月は腰に手を当て不敵な笑みを作る。

「確かに難しいとは言ったが、できない、やれない、無理だとは言ってない。単純に、今回の件はこいつが対応するのに相応《ふさわ》しいと思ってのことだ」

こいつと言って、龍月は冬弥を見る。

「とはいえ、そうも言っていられない状況になっちまったみたいだがな」

おもむろに龍月はポケットから紙切れを取り出し、浩一のひたいにぺたりと張りつけた。

「札だ。風呂の時以外はしばらく肌身離さず持ってろ」

「それがあればさっきみたいなことにはならないはずだ。まあ、この俺が来たからには悪霊たちも手出しはしてこないと思うがな」

「お札？」

「ありがとうございます……」

ひたいに張りつけられたお札をつるっとなで、浩一は頭を下げる。

「というわけで、いろいろ聞きたいことがある」

龍月は冬弥の首根っこを掴み、引きずるように離れの部屋に連れて行く。

「視るのは面倒だ。手短に話を聞かせろ」

「は、はい！」

冬弥はこれまでのことをすべて師匠に語った。

植村良子の依頼から始まり、ここまで見て聞いて起きたすべてのことを。

その間、村の女たちが入れ替わり立ち替わり、お茶やら菓子やらを届けにやってきて話が何度か中断される。

「先生？　お茶のおかわりはいかがです？　それともコーヒーのほうがよろしかったでしょうか？」

また別の女性たちがやってきた。それも、きっちり完璧なメイクをほどこし、明らかに普段着ではない格好をしている。

「コーヒーがいいね。ブラックで。うんと濃いやつ」

師匠もまったく遠慮がない。

「あの先生？　よろしければあとでサインをいただいてもよろしいかしら」

「もちろん、いいよ」

艶やかに笑う龍月に、女たちは頬を赤らめ障子を閉めたそばから黄色い声を発している。

「すっごいイケメン」

「目も眩《くら》むようないい男！」

「それになんか良い匂いがするし」

師匠は見た目も優男ふうな色男だ。

漂わせる色気は半端ではない。

ホラー作家だとか霊能師だとかそういった仕事とは縁のなさそうな、はっきりいってどちらかといえば、ホストといった方がぴたりとあてはまる容姿である。

そんな容姿のため、女性たちの目を引くのもしかたがない。本人もこういってはなんだがかなりの女好きだ。

浮いた噂の一つや二つ、三つあるいは四つ……と、とにかくそういう話題ははてしない。

「それはそうと、師匠が来た途端、屋敷の中が明るくなったようです」

ぽつりとこぼす冬弥に、龍月は眉を上げた。

「明るくなったよう？」

意味ありげな師匠の言葉に、冬弥ははっとなって辺りを見渡す。

明るくなったようではなく、本当に明るくなっているのだ。

あれほど重苦しく陰鬱で、気を抜くと押し潰されそうになる気配がまったく消えていた。

冬弥は立ち上がり、勢いよく障子を開けた。

外の澄んだ空気が部屋の中に流れ込む。

まだ廊下にいた女性たちがきゃっ、と声を上げるが無視だ。

「今頃気づいたのか。もっとも、一時的に悪霊たちを排除しただけで、おまえの言った通り、根本を断ち切らない限りわいてくる」

さらに振り返って冬弥は目を見開く。

屋敷にかかっていた、黒い筋〝霊道〟も消えていた。

辺りの空気が違っていたのは、そのせいもあったのだ。

「霊道は？　霊道を消すことはできないですよね？　どうしたんですか？」

「ああ」

と、言って天井を指さす師匠につられ、冬弥は大きく空を見上げる。

霊視をすると空に、黒い筋がかかっていた。

「霊道を持ち上げてしまうなんて……」

「屋敷にかかる霊道の入り口と出口だけを別の空間に持っていくこともできたが、このやり方ならおまえにもわかりやすいだろ？　できるよな？」

「はい。勉強になります」

「もっとも、霊道をずらそうが別の空間に持っていこうが何しようが、いずれは本来の場所に戻ってしまう。これればかりはどうしようもない」

思わずため息がこぼれる。

自分の話を聞き、さらに部屋にやってくるたくさんの女性たちに愛想良く対応しながらも、その一方で屋敷内を清め霊道の処理を行なっていたのだ。

あまりにも大きい力の差に落ち込まずにはいられない。

やっぱり、僕はまだまだだ……。

「話の続きをするぞ」

すっかり脱線してしまったが、冬弥はこの柚木家にまつわる風習を話す。

さらにこの屋敷に入って無残に殺された小綾という娘のこと。

その小綾の過去を夢で見たこと。

殺された小綾が神社に埋められたこと。

「呪いの廃神社か」

するとと龍月は立ち上がった。

「神社に行くぞ」

「え？」

「何やってんだ。呪いの廃神社に行って崖から転落した夫婦。さらに心愛たちが肝試しに行って以来、不可解な現象に悩まされている。そして小綾って女がその神社で殺されて埋められた。怪異の根源はその社にあるって思うだろう」

「……僕ではとうてい太刀打ちできませんでした」

「まあ、しかたがねえか。この件はおまえ一人じゃ少しばかり荷が重すぎたかもしれねえからな」

そう言われて冬弥はうなだれる。

「落ち込むな。誰だって最初はこんなもんだ。慣れってやつだな。俺だってこの仕事を始めた頃は何度死にかけたかわからねえ」

「師匠が？」

師匠にもそんな時があったとはまったく想像できない。

むしろ想像するのが難しい。

「おまえには力がある。あとは場数をこなすだけ。行くぞ」

上着を肩にひっかけ颯爽と歩く師匠の後を、冬弥は小走りで追いかけた。

当然のごとく孤月もついてくる。

冬弥はぴしゃりと自分の頬を叩いた。

もっとしっかりしなければ。

出かけようとしたやさき、心愛と廊下ですれ違った。

「先生、お出かけですか?」

「呪いの神社とやらに行ってくる」

「え! 今からですか?」

「夜までには戻る」

「だったら、お車を」

「おまえはいい。先に飯食ってのんびりしてろ。屋敷からは一歩も出るな。いいな?」

「はい。お帰りをお待ちしております。先生、いってらっしゃいませー!」

と、手を振る心愛に見送られ、玄関に出ると、庭先に無造作に停めてある師匠の車に乗り込んだ。

てっきりお前が運転しろと言われるかと思ったが、どうやら師匠自ら運転するようだ。助手席に座った冬弥は心配そうに師匠を見るが、やがて、安心してシートに深く背をあずけた。

あんな性格だが、師匠の運転は意外にも丁寧で滑らかだ。

冬弥はふと、気づいたように手首に触れる。いつの間にか痛みが消えていた。もしかしてと期待して袖をまくったが、痣は消えていなかった。

「残念だが、問題を解決しない限り、それは消えねえよ」

しばらく車を走らせたところで呪いの廃神社に辿り着く。

車から降りた龍月は眉根をきつく寄せ渋い顔をする。その表情は珍しく緊張しているようにも見えた。

それでも、ためらいも見せず奥へと進んで行く師匠の後を冬弥はついていく。

崩れた鳥居に近づくと、さらに空気が禍々しい。

「怨霊たちの巣窟だな。本来、神域であるはずのこの場所も穢れちまってる。まともな人間が踏み込めるような所じゃない」

以前来たときよりも霊がざわついているように感じた。

いや、師匠の霊気にあてられ、怨霊たちが恐れを感じ、反発し、ざわめいているのだ。

「できれば、ここにいるやつらすべて浄化させてやりてえところだが無理だな」

ふと、強い邪気に引っ張られるように、冬弥と龍月は視線を前方に凝らした。

薄暗闇の中、白い着物を着た女が、こちらを見つめながら立っている。

小綾だ。

「なるほど。あれが元凶ってやつか。確かに凄まじい圧力を放ってやがる。負の感情の塊だ。その邪気に引き寄せられるようにして他の霊が集まってきてる。これじゃあ、お前が苦戦するのも無理はねえな。人としての心を失っているならもう手遅れだ。話が通じるとは思えない。この世にとどまり悪霊となり果て、生きている者に危害を及ぼすなら、消し去るしかない」

取り出した数珠を指に絡める師匠を、冬弥は慌てて引き止める。

「待ってください！　小綾さんは上にあがりたいと願っている。あがりたい意志があるのに自力ではあがれない霊たちの手助けをするのも、僕たち霊能師の仕事だと……」

師匠のやり方に口出しをできる立場ではないことはわかっている。

「小綾さんは僕に救いを求めてきたんです。僕も必ず助けるからと小綾さんと約束しました。だから……」

そこまで言って、冬弥は霊障を受けた手首をさすり、口を閉ざしてしまった。

これは単なる自分のわがままだ。

これほど強く怨みを持った霊を成仏させることなどできるわけがない。

あがりたい意志があるならとうの昔にあがっている。

深い怨みがあるからこの世に止まっているのだ。

だが、夢で見た小綾は悲痛な声を上げて泣いていた。

救いを求めてきた。

小綾との約束が冬弥にとって数日前のことでも、小綾にとってはずっと待ち続けていた遠い約束。

あの時の彼女の涙と嘆きの声が、今でも耳から離れない。

彼女の本当の気持ちを一欠片《ひとかけら》でも見つけ出すことができたら、小綾を成仏へと導くことができるだろうか。

龍月は大仰なため息をつく。

そのため息を聞いて冬弥はうなだれた。

だからおまえは甘いのだと叱られてしまう。

これ以上師匠の手をわずらわせてはいけないというのに。

「冬弥」

名を呼ばれて冬弥は顔を上げた。

「夢で小綾と接触したとき、小綾の許婚とやらの姿を見たか?」

冬弥は首を振る。

「ちゃんと視ておけ。必要な情報は逃がさず拾え」

「すみません……」

「名前は？」

「名前……」

確か小綾は許婚の名をぽつりと呟いていた。

……喜平。

そう喜平だ。

「そいつを呼び降ろせ」

「え？」

「聞こえなかったか？」

二度も言わせるなというように、龍月は厳しい声で言い放つ。

師匠は小綾の許婚を呼び降ろし、彼女の説得にあてようと考えているのだ。

小綾の魂の浄化を願うのなら許婚を降ろせ。

それが冬弥のわがままに対する、師匠の条件だ。

しかし、とうの昔に亡くなった者を、それも名前だけを頼りに呼び降ろすことなど、はたして自分にできるだろうか。

冬弥は否と首を振る。

できるかどうかではない。

やるのだ。

「ありがとうございます！　やってみます。いえ、やります！」

冬弥は数珠を握りしめ直す。

「なら、雑魚どもは俺が片付けといてやる」

師匠がサポートについていてくれるなど、畏れ多いと思ったと同時に、これほど心強いものはないと感じた。

必ずやり遂げてみせる。

冬弥の決意を悟った龍月は、にやりと笑い、数珠を持つ手をさっと払った。

夕陽の光をはじくように、透き通った水晶がきらめく。

しなやかな指に数珠を絡ませ龍月は手を合わせた。

その姿は無防備のように見えて、まったく隙がない。

まぶたを閉ざし、経を唱える龍月の顔に残照の影が落ちる。

端整な顔立ちはさすが世間で騒がれるだけあって美しい。男の冬弥ですら思わずその姿に見とれてしまった。

見てくれではなく、何より師匠の魂が美しいと思った。

まるで心が洗われていくようで。

ふと、頬に熱い雫《しずく》が落ちたことに気づく。

涙……。

こんなときに泣くなんて、と涙でかすむ目を袖口で拭い、再び師匠に視線を戻したその時。

経を唱える師匠の足元から緩やかな風が舞い上がり、衣服の裾が、髪が、手にしている数珠が大きくなびくように揺れた。

あれは？

冬弥は目を凝らし、師匠の姿を食い入るように見つめる。

師匠の身体にまとわりつく長い蛇のような白い影。

いや。

「蛇ではない。あれは……」

白龍であった。

師匠は己が使役する龍神を喚び出したのだ。

喚び出された龍は、大きな躰《からだ》をうねらせながらその場を旋回《せんかい》し、辺りにいる霊たちを消し去っていく。

すごい……。

目の前に現れた龍を驚きの目で見ていた冬弥だが、すぐに我に返り首を振る。

すっかり師匠の姿と龍神に見とれてしまったが、今はそんな場合ではなかった。

小綾の許婚、喜平を呼び降ろし、己の身体を媒介にして小綾に語りかけるのだ。

手を合わせ、意識を集中させる。

ふと冬弥は目を見開いた。

「孤月！　僕はとても運がいいみたいだ」

「どうしたのだ？」

「喜平さんはまだ成仏しきっていない。霊界の入り口で小綾さんが来るのを、ずっと待ち続けていた。探し出す手間が省けたかもしれない。孤月、頼みがある」

「冬弥の頼みならどんなことでもきくぞ」

「生きている人間は霊界には行けない。だけど、孤月なら可能だ。喜平さんを迎えに行ってきてくれるか？」

孤月は大きくうなずいた。

「わかった。喜平という男をここに連れてくればいいのだな。任せろ」

と、言うと同時に、孤月の姿が消えた。

「喜平さん、僕の声が聞こえますか？　どうかここに、僕の元に降りてきてください」

どのくらい願い続けていたのだろう。ふっと、身体に何者かが入った感覚に身震いする。

冬弥はゆっくりと目を開き、小綾の霊に語りかける。

「やっと会えたね、小綾」

声も姿も冬弥であるが、意識はまったく別のもの。

それは小綾の許婚、喜平という男のもの。

「小綾、僕と一緒に行こう。ずっと小綾が来るのを待っていたんだよ。辛かったね。ずっと……」

小綾の表情が明らかに変わった。

「君が辛い思いをしていたのに、僕は何もしてあげられなかった。ただ見ているだけだった。だけど、もう君を放したりはしない。あの世で二人、幸せになろう。今度こそ永遠に。さあ」

冬弥――意識は喜平のものだが――は小綾に手を差し伸べた。

その手を取った小綾の目から涙が落ち頬を濡らした。

そして、冬弥は二人のために経を唱え続ける。

「ありが――い……ます」

深々と頭を下げる喜平の横で、小綾も涙を流しながら冬弥におじぎをする。

二人の姿が消えた。

手を合わせていた冬弥は、思い出したように袖をまくり手首を見る。そこから黒い靄が上空へと立ちのぼっていった。

手首についていた痣は跡形もなく消えていった。

冬弥は力が抜けたようにその場に膝をつき座り込んでしまった。

「冬弥！」

孤月が悲鳴を上げて寄り添ってくる。

「大丈夫。少し気が抜けただけだから」

師匠のおかげで、この場に漂う邪気もすっかり消えていた。

「やればできるじゃないか」

「運がよかったんです」

喜平がすぐ見つかる範囲にいてくれて成功することができた。

「それと、孤月が手伝ってくれたから」

「まあ、何にせよよくやった」

師匠の手が冬弥の頭に置かれた。

尊敬する師匠に褒められ思わず口元を緩めた冬弥だが、目の前に視線を戻し、あ！

と声を上げた。

「師匠……あそこに」

冬弥は本殿の方を指さす。

そこに、龍月の使役する白龍に守られるようにして、高志が立っていた。

この場にわだかまる亡霊たちから解放された彼が、ようやく姿を現したのだ。

龍月は、ああ、と間の抜けた声をもらす。

「あいつのこと忘れてた」

「師匠……」

龍月はその場に立ち尽くす高志に近寄っていく。

すると高志は戸惑う表情で龍月を見上げ、首を傾げる。

「ええと、あんた誰？　っていうか、どっかで見たような気がするんだけど、どこでだっけ？」

高志は腕を組み、目の前の男が誰であったか思い出そうと唸っている。

「もう自分の身体に帰れるはずだ。さっさと戻れ。でないと、ほんとに死ぬぞ」

「え！　俺、まだ生きてるんですか？」

「そうだ。早く戻ってみなを安心させてやれ」

「でも、どうやって帰ったらいいのかわかんなくて。ここから歩いて帰るんですか？　えー遠いなあ。っていうか俺、今まで何してたんだっけ？　確か、みんなと肝試しに行って、それから……」

ああ、面倒くせえな、と龍月は肩をすくめた。

「ま、自分の身体に戻ったらいろいろ思い出すだろう。言っておくが、かなりきついぞ。何しろおまえは意識不明の重体で今も集中治療室にいるんだからな」

師匠にはそこまで視えているのだ。

「そうなんだ。よかった。俺、生きてるんだ。死んでないんだ」

ようやく生きているという実感がわいたのか、高志は何度もよかった、を繰り返し、泣いている。

「男のくせにみっともなく泣くな。いいか、これに懲りたら肝試しなんてバカなことは二度とするな。次にこうなっても助けてやんねえぞ。わかったな」

「はい。ごめんなさい。もう二度としません」

涙とはなみずでぐちゃぐちゃになった顔で、高志は何度もごめんなさいを繰り返す。

「素直に謝るならよしとするか。今回は特別だ。おい」

と、偉そうに龍月は己が使役する白龍に命ずる。

「そいつを送り届けてやれ」

「あっ！」

と、声を上げた高志はぽんと手を叩く。

「思い出した。緋鷹龍月だ！　あの超イケメン霊能師でホラー作家の緋鷹龍月。そうですよね！　ところで次の新刊は、い……」

しかし、龍月の答えを待たずして、龍は高志の幽体を包んだまま、その場から姿を消してしまった。

冬弥は大きく空を振り仰ぐ。

よかったね、高志くん。

戻ったらお見舞いに行くよ。

暗い空にぼんやりと光る発光体が、東京方面に向かって飛んで行くのが見えた。

数分後には、病院で眠っている高志は意識を取り戻すだろう。

龍月は本殿の横、小綾が埋められたと思われる場所まで歩み寄り、線香に火をともし手を合わせた。そして、冬弥を振り返る。

「さて、まだ終わったわけじゃねえ。戻るぞ」

「はい！」

屋敷に戻ると龍月は、よく響き渡る声で言い放った。

「一気に屋敷内をきれいにする。上に行きたい奴は今がチャンスだ。まとめて俺のところに集まってこい！」

深い怨みを放ちながら、他の霊を呼び寄せていた小綾を取り除いてしまえば、屋敷に残った小物たちを浄霊するも、除霊するも簡単であった。しかし、あらかたそれらを片付けたにもかかわらず、まだすっきりとしないのは何故か。

「そろそろ、おまえも気づいただろ？」

苦笑交じりに言う師匠の言葉に、冬弥はゆっくりとうなずいた。

「一番、厄介なものが屋敷に残ったってわけだ。怨霊と化した小綾の陰に隠れ、そいつは積もりに積もった怨みを放ち続けていた。今もその怨みでもっておまえを阻止しようとしている。さて、どうする冬弥？」

邪魔なものたちが取り除かれた今、霊視をするとはっきりとその人物の姿が視えるようになった。

まだこの屋敷に深い怨みを持つ霊がいる。

それは——。

生きている者が放つ強い思念。

ここに来て最初の晩、何ものかによって首を絞められたときに感じた生々しい手の感触。

それは死んだ者ではなく生きている者の手の感触。だが生身のそれとは違う。

つまり生霊だ。

厄介だと師匠が言ったのは、生きている者は祓うことも浄霊することもできないから。

冬弥は辛そうに顔を歪め、まぶたを伏せた。


濡れ縁に座り龍月は酒を飲んでいた。

開け放った窓から、さわりと風が流れ込んできて心地よい。

月のない夜だがそのぶん、夜空を彩る星がきれいだ。

時折、空を横切る流れ星も見られた。

さすがは田舎だ。

都会ではこんな美しい星空など見ることはかなわない。

もっとも、こんなことでもなければ星を眺める余裕も暇もないが。

部屋の中央に敷かれた布団には、冬弥がぐっすりと眠っている。

その横にうずくまるように孤月も眠っていた。

二人とも——一方は一体というべきか——目を覚ます気配はなさそうだ。

眠る冬弥を見守るように、一人の修験者が立っていたが、龍月が側についているとわかって安心したのか、いつの間にか姿を消してしまった。

いろいろなことがあって疲れたのだろう。

受けた霊障の痛みもそうとう辛かったはず。

力はあるが、霊能師として経験が浅い冬弥にとって、この依頼は困難だったに違いない。

よく頑張ったと思う。

ふっ、と笑って龍月は盃に満たされた酒を飲み干す。

空になった盃をとんと床に置き、側にあった数珠を手に取ると、鋭い目で部屋の片隅を見据えた。

「俺がいるとわかっていながらやってくるとは、いい度胸だな」

放つ視線の先、凝った闇の中に何ものかが立っていた。

〝それ〟は凄まじい殺気を放ち、眠る冬弥を見下ろしている。

龍月は数珠の両端を指に絡め身がまえた。

「俺は冬弥のように優しくはないぞ。元の身体に戻れないよう、ここでおまえをばらばらにしてやろうか？」

怒りを孕んだ龍月の気迫に、握った数珠が小刻みに震えて鳴る。

「去れ。これ以上、こいつに手出しはさせねえ」

鋭い龍月の声に〝それ〟は一歩も動くことができないまま、その場から消えてしまった。

台所で朝食の支度をしていた萌桜は手にしていた包丁を、いったんまな板の上に置き、もう片方の手で右手の人差し指をさすった。

人差し指には、まだ包帯が巻かれている。

「萌桜さん」

呼びかける冬弥の声に、萌桜は肩越しに振り返る。

その顔は相変わらず青白く、生気を感じられなかった。

「おはようございます稜ヶ院さん。もう少しで朝食ができあがりますので」

軽く頭を下げて挨拶をする萌桜の元に、冬弥は歩み寄る。

冬弥の気配が気になるのか、萌桜は落ち着かない様子であった。

「緋鷹先生とお友達は帰られたのですね」

「はい」

用があると言い、朝一番で師匠と心愛は東京へ帰って行った。孤月も今はこの場を外してもらっている。

ここにいるのは冬弥と萌桜の二人きり。

「指の具合はどうですか?」

「え?」

「まだ包帯をしているようなので」

冬弥に指摘され、萌桜は人差し指を隠すように手を握った。

「だいぶ……」

よくなりました、と小声で言い、引っ込めようとする萌桜の手首を、冬弥は掴んで引き寄せ、巻きつけていた包帯を取りさった。

白い包帯が解け床に落ちる。

そこに現れた指は黒く変色していた。

これと同じ症状が昨日まで、冬弥の手首にもあった。

これは怪我ではなく、霊障だ。

「よく今まで我慢していられましたね。そうとう痛んだでしょう？」

冬弥の問いに、萌桜は視線を斜めに落とす。

熊に襲われた現場で、さらに通夜の場で、流秋が睨むような目でこちらを見ていたのは冬弥ではなく、冬弥の側にいた萌桜だった。

通夜のときに右手の人差し指を立てた流秋の仕草は、上にあがりたいという意味ではなく、犯人は人差し指に包帯を巻いた萌桜だということを伝えたかったのだ。

「病院には行きましたか？」

冬弥の問いに萌桜はいいえ、と首を振る。

怯えた顔で逃げようとする萌桜を、冬弥はそうはさせまいと引き戻す。

「今から僕が連れて行って差し上げましょう」

「ほんとうに、大丈夫ですから……」

うつむく萌桜の姿に、つい意地の悪いことを言ってしまったと冬弥はすぐに反省し、握っていた萌桜の手首を緩めた。

冬弥は真っ直ぐな目で萌桜を見返す。

「萌桜さん、僕ならこれを消すことができます。こうなってしまったのは僕のせいでもあるのだから」

屋敷に着いた初日の夜。黒い靄をまとった女に首を絞められた時、冬弥は相手の攻撃を退けるため数珠を振り、念でもって撥《は》ねつけた。

その時、女は手の甲をかざし冬弥の攻撃を避けた。

この指は、その時に冬弥がダメージを与えてしまったもの。

あの時現れたのは、萌桜の生霊だった。ただし、本人は生霊を飛ばしたという自覚はないであろうが。

うつむいていた萌桜がゆっくりと顔を上げた。

「すべてを僕に話してくれますね？」

冬弥の厳しい目に、萌桜は諦めたようにため息をつく。そして、肩をすくめて嗤った。

「やっぱり、あなたのことも殺しておくべきだったのかしら」

穏やかではないその言葉に、冬弥は眉根を寄せる。

人差し指をさすりながら萌桜は語り始めた。

「私には好きな人がいました。もちろん夫のことではありません。その人は、幼なじみで結婚の約束もしました。あまり裕福ではなかったし、要領のいい人でもありませんでしたが、実直でとても優しい人、彼とならば幸せになれると思っていました。けれど、親の勝手な一存で、浩一さんとの結婚話が突然持ち上がり……」

萌桜はさすっていた手を止め、人差し指に視線を落とした。

「浩一さんとの結婚はもちろん、お断りするつもりでいました。でも、両親からはお金のない男よりも、名家である柚木家に嫁いだ方が幸せになれると反対されてしまい……」

萌桜はぎりっ、と奥歯を噛んだ。

「それに柚木家はこの村の有力者……誰も逆らうことはできない。そして、無理矢理好きな人と別れさせられ、私は自分の意志とは関係なく、半ば強引にこの家に嫁がされた」

しかし、嫁いでも名家の厳しい〝しきたり〟に馴染むことができず、義祖母や義母そして、小姑《こじゅうと》との良好な関係を築くこともできず、萌桜はこの屋敷でずっと孤独感を抱き続けていた。

まるで、小綾の境遇と瓜二《うりふた》つだと冬弥は思った。

「うるさい姑たちに毎日、毎日、小言を言われ、本当にうんざりだった。こんな人たちのせいで、私は好きな人と引き離されてしまったのかと思うと我慢がならなかった」

必死で感情を抑えようとするかのように、萌桜の手が小刻みに震えている。

「だから、みんなさっさと死ねばいいって、何度思ったか」

萌桜の口から凍《い》てつく言葉が吐き出された。

夫がいなければ自由になれる。

この屋敷から解放され、本当に好きな人と結ばれる。

いつしか萌桜はそう思うようになった。

冬弥は言葉を挟むことなく、黙って萌桜の話を聞いていた。

「あの人は言ってくれたわ。私が夫と別れたら、あの人も結婚した奥さんと離別して私と一緒になってくれるって。嬉しかった。私はその言葉をずっと信じてきた。なのに……」

萌桜は怨みをぶつけるような鋭い目で、冬弥を見上げた。

「夫からの依頼を受けた稜ヶ院さん、あなたがこの屋敷に現れた」

「僕……ですか？」

「ええ」

萌桜はうなずく。

「どうして僕が現れたことで浩一さん殺害を思い立ったのでしょう?」

自分がこの屋敷に来たことと、萌桜が浩一を殺害しようと思ったことが結びつかない。

「稜ヶ院さんが霊が視えるとおっしゃったからよ。霊視という力でどんなことでも見抜いてしまうと。事実、稜ヶ院さんは娘の死の直前を霊視で言い当てた」

萌桜はそっと視線を冬弥からそらし、開いた両方の手のひらを見る。

「ええ、娘のさつきを殺そうとしたのは私。そのことを稜ヶ院さんに知られてしまうと私は恐れたから」

萌桜の衝撃的な告白に、冬弥は声も出せずにいた。

「沼の側で遊んでいる娘を見かけ、私は娘の背中を押し、突き落とそうとした。でも、できなかった。稜ヶ院さんは沼で遊ぶ娘の背後に立つ私の姿が視えていたのでしょう? 実の娘を沼に突き落とそうと手を伸ばす、鬼のような顔をした私の姿を」

「いいえ、そこまでは……」

これは本当だ。

冬弥はさつきに意識を同調させ霊視した。

もし、さつきがこの時背後を振り返り自分を突き落とそうとする母親の姿を見たのなら、話は別だったかもしれないが。

「ああ、それで……」

冬弥はようやく理解する。

流秋の打った蕎麦を離れの部屋に運びにやってきた萌桜の、何かを確かめたそうにしていた行動と、娘の死を気にかける萌桜の言葉に抱いた〝戸惑い〟の正体を。

萌桜は娘が沼に落ちた瞬間も視えたのか？　と尋ねてきた。

最初は死んだ娘のことを気にして尋ねてきたのだと思った。

だが、もしそうなら沼に落ちた瞬間ではなく、浩一のように娘が苦しんで亡くなったのではないか？　と聞くはずだ。

娘が溺れて死んだことを気にかけたのではなく、娘の背中を押そうとした自分の姿を視てしまったのか、と萌桜は冬弥に確かめたかったのだ。

「それに、稜ヶ院さんは娘と会話をしたって言うんですもの」

「それで萌桜さんは、僕がさつきちゃんの言葉を伝えようとした時に取り乱しかけた」

「ええ。死んだ娘の口から、自分を殺したのは母親の私だと稜ヶ院さんに告げたのではないかと恐れて。もしそうなら、稜ヶ院さんを始末しなければいけないのかと思ったわ」

冬弥を始末すると言った萌桜の瞳を、仄暗《ほのぐら》いものが過る。

冬弥は首元に手を当てた。

さつきの死を視てしまい、さらに、さつきから自分を殺した犯人を聞いたと思い込んだ萌桜に、必然として冬弥は殺意を抱かれることになったというわけである。

萌桜は口元に手を当て、小刻みに肩を震わせながら笑った。

「どうして？　という顔ね。理由は単純よ。娘がいてはなおさら、この屋敷に縛られると思ったから。それこそ一生」

目的を遂げるために、実の娘すら手にかけようとしたのか。

萌桜はさらに、続ける。

「私が娘を殺そうとしたことをまだ稜ヶ院さんが知らなくても、ばれてしまうのは時間の問題。だって、霊視で何でも視えてしまうのでしょう？　視ようと思えば何でもって、あの時、そう言ったわよね？」

言葉が出なかった。

「あなた、自信たっぷりにそう答えたじゃない」

冬弥は手を震わせた。

まさかあの時の言葉で、萌桜の殺意をさらに駆り立ててしまう羽目になったとは。

「だから、娘を殺そうとしたことが暴かれてしまう前に、あなたには早々に屋敷から出て行って欲しかった。依頼者である夫がいなくなれば、あなたがこの屋敷にいる必要もなくなる……」

そう思った萌桜は、夫を殺す計画を実行しようと思ったのであった。

もともと萌桜は、山に出かける予定だった夫、浩一の水筒に眠剤を入れ、山で事故にあったように見せかけ殺すという計画を立てていた。

娘を失ったことで心を病んでいた萌桜は、長いこと精神科に通い眠剤を常備していた。

それを使うことにしたのだ。

だが、水筒を持って出かけたのは浩一ではなく義父の流秋だったことに気づいた萌桜は、急いで山に向かったが、あろうことか、流秋は熊に襲われ死んでいた。

萌桜は慌てて流秋が持っていたリュックを回収し、家に戻ったのだ。

「なのに！」

突如、萌桜は台所にあるテーブルに両手を叩きつけた。

頬にかかった髪の隙間から、萌桜は上目遣いに冬弥を見る。

「計画は失敗してしまった！」

テーブルに両手をついたまま、萌桜は息を乱して激しく肩を上下させた。

初めて萌桜の感情があらわになったと冬弥は思った。

「あのとき、亡くなっていたのが流秋さんだと最初からご存じでしたね」

「視えていたとでも言うの？」

萌桜は恨みがましい視線を放つ。

「いいえ。ですが、違和感はありました」

「違和感？」

「萌桜さんは熊に襲われた人物を一目見てすぐに〝お義父さん〟と叫びましたね？」

「そうだったかしら。覚えてないわ」

「顔の判別もできないほど遺体の損傷が酷《ひど》かったにもかかわらず」

「もしかしたら、義父ではないかと思っただけよ」

「息子の浩一さんでさえ、目の前で倒れている人物が、自分の父親だとすぐに確信を持てなかったのに？」

「父親があんなひどい姿で死んでるなんて、認めたくないものでしょう？」

「それでも、萌桜さんはそこに倒れている人物が流秋さんだと思った」

「着ていた服が見覚えのあるものだったと言ったら？」

「服は熊によってずたずたに引き裂かれ、血と泥でかなり汚れていました。それでも流秋さんが着ていたものだと瞬時にわかったのですか？」

「倒れている義父の側に、義父が使っていたリュックがあった……ふ、ふふっ……」

萌桜は突然、肩を震わせながら笑い出した。

先ほど、義父のリュックを自分で回収したと、冬弥に話したばかりだということを思い出したのだ。

笑い続ける萌桜を、冬弥は言葉もなく見つめていた。

ひとしきり笑った萌桜は肩をすくめる。

今さら何を言っても、義父を死に追いやってしまった事実は変わらない。

「ところで稜ヶ院さん、熊はとても執着心が強いことはご存じ？」

「いいえ……」

突然話題を変えてきた萌桜に、冬弥は戸惑いを覚える。

「リュックを回収した理由は二つあったわ。一つは睡眠薬が入った水筒を処分するため。そして、もう一つは」

萌桜は冬弥を見据えながら口元に、ぞっとするような冷たい笑みを浮かべた。

「義父のリュックの中にはお弁当が入っていたの。無残に変わり果てた義父の遺体のすぐ側にリュックが半分土の中に埋められていた。おそらく熊は、後からそれを食べようと大事にとっておいたのでしょうね。熊は自分のものだと一度決めたら必ず奪い返しにくる習性があるの」

徐々に冬弥の顔が青ざめていく。

そんな冬弥を見つめる萌桜の顔に、愉悦のような表情が広がっていく。

「嗅覚は犬の数倍。ああみえて人間が思う以上に頭がいいのよ。そしてとても執念深い。そのため、私は熊に、稜ヶ院さんを襲わせようと思い、回収した義父のリュックを稜ヶ院さんがお休みになっている離れの部屋、床の間の地袋に隠した。さらに……」

「水……」

気づいたかしら？　と萌桜は目尻を下げ、口角を吊り上げて笑った。

あの日、水をもらうために台所に行き、萌桜にグラスに入った水をこぼされ寝間着が濡れてしまったことを思い出す。

「義父が使っていたお弁当が入っていたリュックと、私があのとき用意した、義父のにおいが染みついた寝間着に誘われ、義父を食らったことにより人間の血肉の味を覚えた熊が再び人を襲う」

言葉が出なかった。

あの夜、熊は流秋のリュックのにおいを嗅ぎつけ、食べ物を奪い返すため、冬弥の眠る離れにやってきた。そして、リュックを奪われたと思った熊に、冬弥は敵と認識されてしまった。さらに、萌桜の生霊によって、あの時冬弥は金縛りをかけられた。

あの夜感じた明確な殺意は、冬弥に消えて欲しいと思った萌桜の生霊であった。

「そうだったんですね。おかしいと思っていたんです。用意された寝間着はずいぶんと丈が短かった。何故だろうと思っていました。流秋さんのものだったんですね」

寝間着を貸すなら小柄な流秋のものではなく、冬弥と背丈の近い、浩一のものを持ってくるほうが無難だったはず。

萌桜はふふ、と笑いながら首を傾げた。

「怒っていらっしゃる？」

無邪気に問う萌桜に、冬弥は静かに首を横に振る。

「あら、てっきりお怒りになると思っていたのに。ああ……今思えば、あなたに差し出したお水にも睡眠薬を混ぜて飲ませるべきだったかしら？　そうすれば目覚めることもなかったでしょうに。失敗したわ」

「萌桜さん」

冬弥の声には萌桜を憐れむ響きがにじんでいた。

「浩一さんから依頼を受けたとき、浩一さんは僕にこう言いました」

もう、どうなってもかまわないという荒《すさ》んだ瞳で、萌桜は冬弥を見上げた。

「浩一さんは娘を亡くし、さらに大切な妻まで失うことを恐れた。萌桜さんの心が自分にないことも浩一さんはわかっていた」

「やめてよ、そんな話」

聞きたくないとばかりに拒絶して顔を歪める萌桜であったが、冬弥は続けた。

「それでも浩一さんは愛する萌桜さんと離れることはできないと思い、萌桜さんが心穏やかにこの屋敷で暮らせるよう、柚木家にかけられた呪いを解くため、何人もの霊能師たちに依頼をしてきた」

「やめてって言ってるじゃない」

萌桜は耳に手を当て頭を振る。

「浩一さんが私のことを愛してる？　私が穏やかに屋敷で暮らせるように？　冗談じゃないわ！　あの人のせいで、私はこんな家に嫁がされたのよ！」

そう叫んだ萌桜が突然、冬弥の元に大股で近寄っていく。

体当たりするように冬弥の身体を側の壁に押しつけ、腕を伸ばし冬弥の首を絞めた。

「何故この屋敷に来たのよ！　夫の依頼を最初は断ったじゃない！　どうして！」

「萌桜……さん……」

首に伸ばされた萌桜の手を、冬弥は掴んで引き剥がした。

孤月がこの場にいなくてよかったと思った。

「あなたさえ来なければ、何もかもうまくいくはずだった！　こうなったのも全部あなたのせい。義父が死んだのだって、あなたが殺したようなものだわ！」

「僕が……」

その言葉が冬弥の胸に深く突き刺さる。

萌桜は虚脱したかのように、その場に座り込んでしまった。

「最後に、萌桜さんに伝えなければならないことがあります」

乱れた前髪の隙間から、萌桜は血走った目で冬弥を見上げる。

「さつきちゃんからの伝言です。すっかり伝えそびれてしまいましたが」

娘の伝言と聞き萌桜の瞳が一瞬揺らいだ。

母親に殺されかけたことなど知らないさつきは、冬弥の側に歩み寄りこっそりと耳打ちをした。

「お母さんもう泣かないで。お母さんより先に行ってしまってごめんね。天国でお母さんのこと見守っているから、だから悲しまないで。そして……」

冬弥はいったん言葉を切り、暗く虚ろな目をした萌桜を見下ろした。

「次に生まれてくるときも、また大好きなお母さんの子供で生まれたいな……と」

ふっ、と萌桜の唇から息がもれる。

「さ……つき……」

肩を震わせながら萌桜は口元に手を当てた。

「娘は、さつきは今……どうしているのですか？」

「さつきちゃんは上にあがりました。ご自分の手でさつきちゃんを見送ったでしょう？　もう、こちらにはいません」

「萌桜……」
いつの間にか背後に浩一が立っていた。
萌桜は両手を顔に当て嗚咽《おえつ》する。
冬弥はおじぎをして二人に背を向けた。
台所の戸口で歩みを止めた冬弥は、もう一度深く頭を下げる。
そこに、悲しそうな顔で浩一と萌桜を見つめる、流秋の姿があったからだ。

エピローグ

柚木家からの依頼を終え、東京に戻ってから数日後、大学で心愛と会った冬弥は、その後の状況を聞いた。

大学を休んでいた亮一も復帰し、恭子も退院してすっかり元気になったという。

「高志くん、目覚めた第一声が笑っちゃうんですよ」

「なんて言ったの?」

「俺! 緋鷹龍月に除霊されたんだぜ! って言ったんだって。おかしいでしょう?」

冬弥は顔を引きつらせながら笑った。

それはあながち間違っていないかもしれない。

それはともかく、まだ入院中だが、高志も順調に回復に向かっているという。

「冬弥さん、本当にありがとうございました」

改めて、心愛に礼を言われたが複雑な気持ちだった。自分一人でこの件を解決したわけではないのだから。師匠の助けがなければどうにもならなかった。

そして、このことに懲りて心霊スポット巡りをやめると言った四人は、自然と集まる機会もなくなっていったらしい。

心愛も、しばらく師匠の手伝いをするのだと意気込んでいたが、結局、師匠のマンションを出たと、しょんぼりしながら冬弥に告げた。

理由は聞くまでもない。

「龍月先生は私なんかの手に負える人じゃないです」

いや、僕にだって手に負える人ではないし。

「龍月先生みたいないい男なら、一度くらいあやまちがあってもいいかなって思ったけど……でも、ちっとも相手にされませんでした」

と、心愛はうなだれ、冬弥は胸をなでおろす。

来る者拒まずの師匠だと思っていたが、一応、分別をわきまえているようだ。

それから浩一からも電話があった。

すっかり屋敷内は静かになってしまい、寂しくなったと。

あの後、萌桜はG県警に自ら出頭し自供したという。

柚木家の風習がどうであれ、罪を犯したことには変わりはない。

浩一は、妻にそんな辛い思いをさせていたことに少しも気づいてあげられなかった、と悔やむ声で言った。

最後に浩一は、当面の間、柚木家を建て直すのに忙しくなりそうだとつけ加えた。

そんな彼の背後に立つ流秋の姿が視えた。

亡くなった直後は、まだ自分の死を受け入れることができず、まともに会話もすることができなかった流秋だが、今は落ち着いたようだ。

流秋は、当主となった息子をしばらく見守った後、あちらの世界に旅立つと笑いながら冬弥に告げた。その時は、娘である幸恵も一緒に連れて行くと言っていた。

いずれ幸恵も浄化の道を辿っていくはず。

これで植村良子を脅かすものはすべてなくなる。

ちなみに、この時の浩一との電話で、屋敷にいる流秋と話をして、蕎麦の打ち方を教わった。

いつの間にか遠隔で霊と会話ができるようになったことに、今さらながらに冬弥は気づく。

これで仕事の幅も広がるかもしれない。

萌桜のことについては、後味の悪い結果となってしまったが、この依頼についてはすべて終わったと思っておそらく間違いない。そして、お礼と報告も兼ねて冬弥は師匠のマンションを訪れた。

「今回の件、師匠には本当に助けられました。ありがとうございます」

「完全に終わったみたいだな」

「はい。幸恵さんのことも、流秋さんにお願いすることができました。でも師匠、いまだにわからないことがいくつかあるんです」

なにがだ？　というように龍月は話の続きを促した。

「結局、浩一さんの母と祖母、そして姉である幸恵さんの死因の真相は何だったんでしょう。単純に不幸が続いただけか、それとも柚木家に怨みを持った小綾の呪い。あるいは、柚木家に嫁いだ萌桜さんは、彼女たちによい感情を抱いてなかった。もしかしたら萌桜さんの強い怨みの念が生霊となって彼女たちを……」

いったん、言葉を切り、冬弥は確かめるような目で師匠を見る。

「植村さんの依頼で幸恵さんを除霊したときに、幸恵さんの身体から黒い影のようなものが見えたんです。今になって思えば、あれはもしかして、幸恵さんを怨む萌桜さんの生霊ではないかと僕は思いました」

「そうかもしれないし、違うかもしれない。だが、それを知ってどうする？」

冬弥ははっとなって、そうですねと答えた。

「もう一つ、先祖がかけた呪術のせいで、柚木家には不幸になる者や、気のおかしくなる者、障がいのある者が多く生まれるようになったと言っていましたが、それも呪いのせいだったんですか？」

冬弥の問いに龍月はしばし考え込むような顔をしたが、結局、さあな、と答えただけであった。

これもあえて知る必要はないということか。

「ところで師匠？」

「あ？」

「僕が廃神社に行った帰り道、車で事故を起こしかけた時、師匠は助けてくれましたよね？　師匠の声が聞こえたんです。その声で僕は事故を起こさずに済みました」

「知らねえな。俺、その時間馴染みの店で飲んでたし」

冬弥は苦笑する。

神社を訪れてすぐに心愛を預けるため師匠の元に行ったら家にいたではないか。

「それはそうと、この件で懲りたか？　霊能師なんて因果な商売、辞めるにはいいきっかけになったんじゃないのか？　今回のように最悪、命を落としそうになることがこの先何度もある」

師匠はさらに続けた。

「冬弥、俺はお前に霊能力の扱いを教えてきた。お前なら使いこなしていく力もあるし、その力を伸ばしたほうが、己の身を守るためにもいいと思ったからだ。だが、その逆を選択する方法もある」

「な……っ！」

身を乗り出したのは、冬弥の隣に座っていた孤月だった。

龍月は片手を上げ、抗議しかけた孤月を無言で制する。

孤月は口を噤みうつむいてしまった。

「霊能力を封じてしまうことだ」

孤月は膝に置いた手を強く握りしめ肩を震わせた。

冬弥が霊能力を失えばこの先、霊の存在に悩まされることはないだろう。だがそれは同時に、いつも一緒にいる孤月の姿も視えなくなってしまい、霊能師の仕事もできなくなるということ。

さらに、亡くなった恋人を探すという目的も果たすことができなくなってしまう。

師匠の言葉に、冬弥は否と首を振り、師匠はそうか、と笑っただけであった。

自分はまだまだ未熟だということを、改めて思い知らされた。けれど、この世界でやっていくと決めたのだ。

もう一度感謝の言葉を述べ、冬弥は師匠のマンションを後にした。

車に乗り込んだ冬弥は、助手席に座る孤月に視線を向ける。

「孤月には何度も助けられたね。本当に感謝している」

今回の件で、自分は死ぬかもしれないと思ったことが何度あったことか。

師匠が言った通り、この世界でやっていくなら相応の覚悟が必要だ。この仕事をしている以上、いつかまた命の危険に晒されることもある。

それでもやっていく覚悟はあるのか？

もちろんだ。

「わたしも、もっと冬弥の役に立てるよう努力するぞ」

「じゃあ僕も孤月に見限られないように、頑張らないとだ」

「冬弥は充分、凄いと思うぞ。いつかあいつを追い抜いてあごで使ってやれ！」

冬弥は苦笑いを浮かべる。

それはさすがに考えるだけでも畏れ多すぎる。

「さて、買い物して帰ろうか」

「何を買うのだ？」

「お蕎麦の材料。流秋さんから打ち方を教わったから、さっそく試してみようと思って」

するとと、孤月が突然思い出したように、

「ああっ！」

と大声を上げた。

「どうしたの孤月？　驚くじゃないか」

「流秋といえばあいつ！　死人のくせに冬弥に頼み事をしてきたが、肝心の報酬をもらってないぞ。浩一から親父の分の依頼料もせしめればよかったのではないか！」

頼み事？　と冬弥は首を傾げる。

「訴えかける目で冬弥のことを見ていたじゃないか」

ああ、と冬弥はうなずく。

「だったら孤月の言う報酬は、流秋さんからちゃんと貰ったよ」

「貰ってない！」

「だから、蕎麦の打ち方が報酬だって」

孤月は目をパチクリとする。

「はあ？　そんな報酬など納得できると思うか？　ふざけるな！」

「美味しいお蕎麦が自分で打てるようになるんだから、最高じゃないか」

「冬弥が納得しても、わたしは納得しないぞ！　絶対にしないからな！」

本書は、小説投稿サイト「エブリスタ」にて連載した「霊能師　稜ヶ院冬弥の心霊話―禍社の怨霊―」を改題、加筆修正しました。

この物語はフィクションです。作中に同一の名称があった場合でも、実在する人物・団体等とは一切関係ありません。

宝島社
文庫

霊能師・稜ヶ院冬弥　憑かれた屋敷の秘密

(れいのうし・りょうがいんとうや　つかれたやしきのひみつ)

2020年9月18日　第1刷発行

著　者　八歌

発行人　蓮見清一

発行所　株式会社 宝島社

〒102-8388　東京都千代田区一番町25番地
電話：営業 03(3234)4621／編集 03(3239)0599
https://tkj.jp

印刷・製本　株式会社廣済堂

ISBN 978-4-299-00873-2